ステノグラフィカ

一穂ミチ

幻冬舎ルチル文庫

CONTENTS ✦目次✦

✦カバーデザイン＝久保宏夏（omochi design）
✦ブックデザイン＝まるか工房

イラスト・青石ももこ✦

ステノグラフィカ

書き留めたい声、というのは存在する。写真や絵に残したい造形、物語にしたい人生があるように。

碧《へき》はそれを、昼休みの食堂で耳にする。シャンデリアが下がり、背もたれには金糸のししゅうが施され、深い光沢のある床は座る人々をくっきり映し出すほど磨きあげられている。そういうところで、碧がいつも頼むのは紅茶だけだった。食べるものは、弁当を持参している。のりの利《き》いた純白のクロスがかかったテーブルでプラスチックの弁当箱を開いても特に何も言われたことはない。

色んな人間が出入りする場所柄もあるだろうし、自分が至って目立たないせいもあると思う。スーツもネクタイも黒か濃紺、これは職業上の必然として、無口で非社交的な雰囲気がにじみ出ているのか、二十六の現在まで他人に与える印象は「いてもいなくても気づかない」だ。黒子にはうってつけかな、と（冗談まじりにではあるが）上司から言われたことがあるが、別に気にしていない。そこにいるのにいない、というのは碧の仕事にとってとても重要だから。

だから喧騒《けんそう》の中、いない人間みたいにゆっくりと自分のペースで食事を摂《と》る。ふきのとうみそを入れたおにぎり、甘くない玉子焼きと、だしがらの煮干しを天日で干してからしょうゆで炒《い》りつけたもの。しょうがをきかせて煮つけた金目鯛《きんめだい》。ほうれん草のピーナツ和《あ》え。梅酢に漬けた大根。傍《かたわ》らには、ほうじ茶を入れた水筒。

「そろそろ行きますかあ」

「うーい」

声は、長居をしない。五分か、長くて十分程度でさっとどこかへ行ってしまう、あるいは食堂内の別のテーブルへ向かう。その短い間にしゃべりながらきっちり食事を終えている、というのがふしぎで、何度かちらりと盗み見た。器用に会話の合間に食べていた。非常に忙《せわ》しなくがさつながら下品ではなかった。漫画みたいな食べっぷりだなと思って、相手が視線に気づくより先に目を伏《ふ》せた。

目立ってはいけない、自分の存在で気を散らせてはいけない。生来の気質に職務の心得みたいなものが加わり、碧は時々自分がどんどん透明になっていくような気がする。

「西口《にしぐち》さん、官邸担当のツイッターたまには書き込んでくださいよー。決まった面子《メンツ》しかやってないって藤井《ふじい》も怒ってましたよ」

「えーもうおっさんだからさ、駄目なんだよＩＴ。若者に任せる」

この声。存在を意識するようになったのはここ二、三年だろうか。

「すぐそうやって逃げる……」

聞くたび、箸《はし》を持った左手がぴくっと反応してしまう。特別に美声、というわけじゃない。でも張りがあって（これは向こうの職業柄というものだろうか）滑舌《かつぜつ》がよく、センテンスの区切りが明瞭《めいりょう》だ。碧たちの間では「お客様」と呼ばれるだろう。

「お疲れ」とか「あ、どうも」とあいさつをそこかしこに投げて声が遠ざかると、碧はすこしほっとする。無意識に耳をそばだてているからか、いなくなると落ち着く。勝手な話ではある。

いつも気にしてしまう、けれどあの声を聞くのが好きかどうかは難しいところだ。聴覚をフル稼働させるのは仕事中だけで十分だった。

弁当箱が空になると十二時半。三十分後に備えて職場に戻り、本日の議題を確認する。公害防止事業に関するもの、美術品の公開促進に関するもの……どれもすんなり進みそうだ。きょうは早く終われるだろう。ペアを組む上司と現場の定位置に着き、階段状に席が配置された半円形の会議場をちらりと仰ぐ。紛糾が予想される話題がないせいか、出席者の顔つきもおおむねのんきなものだった。レポートパッドを広げ、姿勢を正して待つ。

やがて演壇に議長がやってきて、宣言する。

「これより会議を開きます」

自分たちを取り囲むざわめきは高い天井のステンドグラスに向かって放散されていく。手元のタイマーを押し、素早くシャープペンシルを握った左手を走らせた。

午後一時十二分開議、議長　これより会議を開きます――。

五分後に次のふたりと交代するまで、ここ、衆議院本会議場における発言を逐一書き留めるのが碧の役目だった。話すのと同じ速度で書く文字は、訓練を受けた人間でないとまず読めない特殊な記号だ。会議場の真ん中にいながらこの場の誰にも注目される機会はなく、もちろん発言もせず、ひたすら黒子に徹して手を動かす。野次にも悶着《もんちゃく》にも反応せず、耳目と手と頭だけを働かせる。目の前に立つのが閣僚でも首相でも関係ない。テレビカメラに映っていることも関係ない。

それが、国会速記者の仕事だ。


予想通り、その日は三十分足らずで散会し、二周目のローテーションも回ってこなかった。記録部に戻り、逐語速記を議事録の体裁にととのえる反訳の作業もスムーズに進んだので、定時で上がって公務員宿舎に帰る。じきに予算編成が本格的になり、一年でもっとも慌ただしい時期を迎えるから、嵐の前の静けさというところだろうか。

ひとり暮らしの台所で夕食の支度をする。料理というか、家事全般は嫌いじゃない。白菜の芯《しん》を蒸してクリーム煮にして、やわらかいところは浅漬けを仕込む。かじきの香草パン粉焼きと、もやしはごま油と塩だけでナムルに。あしたの弁当用に湯通ししたささみを昆布押しにしておく。みそ汁は、ほうろうの容器をだし昆布で仕切って赤・白を常備しているので、その日の気分でブレンドして作る。酒はほとんど飲まない。たまに缶ビールを一本開ける程度で、飲み会の類《たぐい》は好きじゃなかった。

テレビはつけず、静かな部屋でゆっくり食べる。掃除と風呂をすませてから録画していた本会議の中継を見る。聞き取りにくかったり、即座に意味をつかめなかった発言をおさらいするためだ。大がかりな掃除と洗濯は週末にまとめて。

碧の毎日は、判で押したように決まっている。もちろん夜中の審議に駆り出されたり、朝から深夜まで拘束される時もあるが、その場合はそれぞれのカリキュラムを圧縮して休日に振り分けるだけだ。高校を出てすぐ上京し、速記者の養成所に入ったので友人は少なく、恋人は束《つか》の間いたがすぐ駄目になった。番茶の茶殻を床にまいて掃除しているのを見て「そういうの無理」と言った。そういうの、の意味する正確なところが今も碧には不明だ。

都会の娯楽には興味がなく、打ち込める趣味も見当たらない。速記の技術を高める意欲はあるので、仕事にはやり甲斐《がい》を感じているが、プライベートでの能動的な営みといえば田舎《いなか》の祖父母に様子うかがいの電話をし、月二、三回、ちょっとしたボランティアに出かけるぐらいだ。

日々書き留める言葉は議事録となり、建前上は半永久的に保管される。しかし当然それは無名で、データにしてしまえばそこに人の手が介在したという経緯すら薄れてしまう。名前のない透明人間。仕事でも私生活でも変わらないなと碧は思っている。そして満足している。決まりきった、平凡で静かな暮らし。あしたもあさっても来年も続くようにと願っている。

議事堂の壁は珊瑚《さんご》石灰岩でできていて、ところどころに化石を見つけることができる。三階の、委員会室が並んでいる部分にちいさいけれどくっきりとかたちのいいアンモナイトが埋まっていて、碧はそれを見るのが好きだった。贅《ぜい》と技術を尽くした建物の片隅にひっそりと棲《す》む、物言わぬ住人。親近感を覚える。

でもきょうは対面できそうにない。委員会室の前には報道陣が鈴なりだったからだ。「立ちんぼ」というあまりよろしくない通称がついている。長年、大勢の記者がもたれていたから、腰が触れる部分だけ白絵の具を水で含ませたようにぼわっと帯状に色が違う。中学校の修学旅行で初めてここへ見学に来た時、ガイドからその説明を受けて驚いたものだった。

その向かい、窓側の壁は見学者の通行ルートにあたるので、こちらは頭ぐらいの位置が変色している。これはもの珍しさに手を伸ばしてぺたぺた触ったり撫《な》でたりした結果だという。だから現象としてはどちらも同じだが、碧は今でも「立ちんぼ」の跡を見るとすごいな、と思う。延べどれくらいの人間がここでもたれて、議員を待ったのだろうか。かつてはメモとペン、今はカメラやICレコーダーを携えて。同じ「聞いた話を書き留める」行為でも、碧の仕事とは水と油だった。一団の中にいつもの、声の主をつい探したが見当たらなかった。


食堂で、碧は決まったテーブルに着く。先客がいたり、近くに重鎮の議員が陣取っていたりで敬遠することがない限り。碧が声を聞いている男も定位置を決めるタイプなのか、時間が合うと大抵は碧の隣にいる。ひとりの時もあれば複数の時もある。それで覚えてしまった。

最初に、声。それから顔、名前、所属に。

「西口さん、今いちばんおすすめのAV女優って誰すか」

「何で」

「楽天アダルト、きょうの二十三時五十九分まで一本無料なんすよ」

「え、うそ、いいこと聞いた、ありがとう」

「IT弱いんじゃなかったんですか」

「俺そんなこと言ったっけ？　えーと、おすすめ？　野本《のもと》あさみとか知ってる？」

「あー、デビュー作見ましたけど、今いちかなー」

「バカ、AVは二作目からだよ。これきょうの金言な」

「なに真顔で言ってんすか」

……こんなふうに、下世話な会話が好きなことも。見た感じは四十になるやならずやだけど、実際はもっと上かもしれない。若い記者をまとめる立場なのだろうがその割に威張ったところはなく、後輩にも慕われているようだった。話を聞いているだけでそれは伝わってくる。

が、陽《ひ》も高いうちから職場でこの手の雑談に興じている場面がままあるので碧は思わず眉《まゆ》をひそめる。さすがにこういうやりとりは書き留めたくならない。聞いておいて何だが、それこそ記者みたいに「壁耳」で部屋の外から窺《うかが》っているわけじゃない。碧以外の人間が座っていても難なく内容は理解できるだろう。赤の他人の耳に入って恥ずかしいとは思わないんだろうか。会社の看板を背負ってここに来ているのに、問題にはならないんだろうか。職務倫理にとりわけ厳しい公務員としては気になってしまう。

「だって一作目ってみんな同じテイストじゃないか？」

「ああ、恥じらい捨てきれませんけど思い切ってやってみました的なね」

「そうそう。だから二作目以降でその娘《こ》の方向性が決まってくると思うのね俺は」

「西口さんの教えの中でもっとも説得力がありますね」

「何だと」

「でも俺、西口さんと好み合わないからなー。西口さんてちょっと辛気くさいの好きなんだもん。言われてみればって感じの美人」

「きゃっきゃしたの苦手なんだよ、もう年だし。ていうかお前、エロ動画落としたところでいつ見るんだよ」

「嫁が子どもと風呂入ってる隙《すき》に」

「うわーみじめー。俺なんかいつでも見放題だよ。でかいテレビで見たっていいんだぜ」

「あ、テレビ買い替えたんすか」

「そう。電器屋行くとサイズの感覚麻痺《まひ》しちゃってさー、ついつい七十インチ買っちゃったんだけど」

「でかっ」

「圧迫感がすげーよ」

「でもド迫力なんでしょ」

「顔よりでかく乳が映ると全然盛り上がらないんだよなーこれが。めちゃめちゃ冷静になったわ。お前テレビ買わない？　十万でいいよ」

「置くとこないっすもん」

西口が立ち上がって、碧はとっさにうつむいた。逆にわざとらしかっただろうか、とひやりとする。いつも自然体でやり過ごしているのに、会話から推測された「独身」というプロフィールが意外で、つい箸を止めてしまった。本人の言う通り「いい年」だし、西口は見栄えのする男だった。単純に造作が優れているというより、堂々とした力強さがにじみ出た顔だ。もっとも、もじもじした記者、なんているのかどうか。

もしあの男が議員バッジをつければテレビカメラがこぞってコメントを取りたがるだろう。経験や実績と関係なく、この人と話して損はしない、という値打ちを感じさせるのだ。与野党の大物の方から「よう西口くん」と気さくに近づいてくるところも見たから、碧の思い込みではないはずだ。つくづく自分とは対極だな、と思った。

政治部の記者も速記者と同様、地味なスーツが基本だが、西口は埋没してしまうということがない。碧はひとつの部屋の中で黙々と綴《つづ》るが西口は議事堂の外にも飛び出して記事を書くに違いない。議事録は無名の記録だが「西口諫生《いさみ》」の署名の入った記事は何度も見た。碧は西口についていくつか知っているが、相手は碧の存在を認識さえしていないだろう。あのようになりたいとはすこしも思わないが、あまりにも違いすぎて気にかかってしまうのだろうか。

椅子《いす》が引かれたままのテーブルには空のカレー皿が残されている。相変わらず、あのおしゃべりの合間にどうやって、とふしぎなほどきれいに平らげられていた。

その日の夕方、安全保障委員会の速記に入った時のことだった。会合が終わり、退室してから「ちょっと」と呼び留められた。今まで同じ部屋にいた与党の新人議員だ。議員の場合、一口に一年生と言っても年齢の幅はかなり広いが、おそらく碧とそう変わらない。手招きされるまま階段のところまで歩いていく。

「何かご用でしょうか」

速記中に何かまずい態度でも見せただろうか、と思い返すが心当たりはない。いわばアリーナ席でさまざまなやりとりを見るからこそ、そこでの発話に速記者がリアクションを返すことはまずない。どんな激論、どんな暴論が飛び交っても驚かないし、コントのような応酬に笑ったりしてもいけない。あまりにおかしな会話につい吹き出してしまい、後で上司に相当絞られた、という逸話をベテランの速記者から聞いたことがあった。

過去の議事録に「発言する者多く、議場騒然、聴取不能」などという記述を見つけることがある。強行採決や混乱のさ中にも、速記者は淡々と筆記具を走らせていたのだろう。もともと喜怒哀楽の乏しい碧にはうってつけだ。

「さっきの僕の発言、一部訂正しといてほしいんだけど」

その議員は急に声を低めた。

「どのようなところでしょうか」

「ちょっと表現が行きすぎたから、穏当にしたいんだよ」

　碧はすこし考えた。単純な読み間違いや単位の間違い、方言の修正ぐらいなら反訳の時に「けば取り」をして記録部の判断で直すことはある。だがそれとはちょっと違う要求らしかった。

「常識的な校正の範囲に収まるものならこちらでの裁量でさせて頂きますが、それ以外でしたら委員長の決裁が必要です。そして当日の決裁は午後六時までです。もう時間外ですね」

「じゃあどうなるんだ?」

通らないと見るや、にわかに居丈高な口調になる。一昨年の衆院選で当選した時、涙で顔をくしゃくしゃにして「国民の皆様に愛され、必要とされる政治家になります」と語っていたのを、こっちは記憶しているのだけれど。

しかしそれぐらいでいちいちがっかりしたりはしない。国権の最高機関、なんていったところで中にいるのはただの人間。働いて得た実感だ。カメラの前でだけにこやかなタレント議員がいたりする一方、強面《こわもて》で知られる長老格が、わざわざエレベーターの扉を開けて待っていてくれて恐縮したこともある。

「ひとまず原発言のまま速報に掲載して、正式な会議録にする際訂正します」

「それじゃ遅いんだよ！」

速報は会議の翌日、全議員や各会派の事務室、政府委員室、記者クラブなどに配られ、会議録の完成にはさらに数日を要する。何かマスコミにつつかれそうな発言でもあったということだろうか。

「じゃあもう、丸ごと削除しといてくれ」

「それも手続きは同じです。午後六時を過ぎると間に合いません」

「大したことじゃないんだよ、ちょっと手を入れてくれるだけでいいんだ」

ならばこう必死に食い下がる必要もないだろう、という自分の矛盾にさえ気づかないようだった。

「決まりですから、私の一存ではどうにもできません」

困ったな。他の速記者はとうに記録部に戻っただろう。いちばん下っ端の碧を、与《くみ》しやすしと踏んでターゲットに定めたに違いなかった。

「なあ、頼むよ。助けると思って」

と言う割には頭のひとつ下げるでもなく、言葉だけへつらってみせる。もっとも、心から土下座されたとしても規則は規則、どうしようもない。

「東シナ海情勢がデリケートなことぐらい、素人《しろうと》にだって分かるだろ？　妙な連中を刺激したくないんだよ」

「申し訳ありませんが」

言い訳を強引に遮った。

「あす以降の決裁をお待ちください」

「政治家にとって言葉は命なんだよ、ちょっとした行き違いが命取りなんだ。あそこで発言したことのない人間には分からないだろうけど――」

「分かります」

と碧は答えた。

「僕たちにとっても命です。先生方の発言を正確に書き留めることが使命です。書き留めた言葉はこの国の政治の大切な財産です。だからこそルールを軽んじるようなまねはできません」

「偉そうに」

憎々しげに吐き捨てられた。

「速記者なんて人件費の無駄でしかないくせに。公務員改革するんなら、お前らから真っ先にクビ切られりゃいいんだよ」

反論する気にはならなかった。

「お話が以上なら、失礼させて頂いてよろしいでしょうか」

「ふざけんな」

言葉が命の割にぞんざいだ、という内心を代弁したような、声が聞こえた。

「こんなところで職員を恫喝《どうかつ》してていいんですか？」

階段を上がってくるのが誰なのか、見なくても分かる。

この声。

「口から出た言葉は消せないんですよ、駄々こねたって始まらんでしょう」

西口は碧を隠すように割って入ってきた。その肩越しに、新人代議士の若干狼狽《ろうばい》した顔が見える。

「駄々だなんて——僕はそんな、ただ……大体何だ君は、人の話を立ち聞きして、どこの社だ」

「明光《めいこう》新聞の西口と申します。名刺は、初登院された時にお渡ししましたが、もう一枚ご入用ですか？」

「いや……」

「立ち聞きは職業病みたいなもので、失礼致しました。そういえば最近お子さんがお生まれになったそうで、おめでとうございます」

焦りの色がたちまち濃くなる。役職にも就いていない駆け出しの家族構成まで把握している記者を不気味に感じたのだろう。

「一児の父としてしっかり仕事しなくちゃっていう意気込みは結構ですが、手続きは手続きとして踏んだ方がいいんじゃないですか？　立法府の内側が無法地帯だなんて笑い話にもならない。こう言っちゃ何ですが、バストイレ付きでもない集まりなんてこっちも注目してませんし」

首相が出席して、テレビカメラが入る委員会はこう呼ばれている。重要度も注目度も高く、顔を売れる至れり尽くせりのところという意味で。

「しかし、」

「先生、埼玉6区のご選出でしたね」

不意に腕を上げ、親指の先で背後の碧を示してみせる。

「彼の実家も近くなんですよ、ということは先生に投票してくれたかもしれませんね。いけませんよ、有権者をないがしろにしちゃ。足しげく応援に駆けつけてくださった幹事長も私と同じことを仰《おっしゃ》るんじゃないでしょうか」

声を荒らげるやり口より、西口の方がよっぽど怖いと思った。身元を知ってるぞと強調した上で、幹部への告げ口まで匂《にお》わせる。何年政治部にいるのか知らないが、きのうきょう赤じゅうたんを踏んだような議員では相手にならないのは明らかだ。本人にもそれは分かるらしく、「余計なことは言わなくていい」と口の中でもごもごつぶやいてそそくさ行ってしまった。

碧は半ば呆然《ぼうぜん》と西口の背中を眺めていた。やがて「ふう」と肩がちいさく上下する。

「……会議録の発行要領も知らないくせして、どっちが素人なんだか。マニフェストブームに乗っかっただけの馬の骨がよくもああまで偉そうにできるな」

「口を慎んでください」

それが、初めてかけた言葉だった。西口が振り返る。

「選挙で選ばれてここにいる以上、あの人も多くの有権者の代表です。キャリアは関係ありません。一票投じた人たちを敬《うやま》う気持ちを忘れるな。少なくとも僕はそう教えられてきました」

失礼します、と会釈《えしゃく》してつけ足した。

「僕の実家は、埼玉じゃなくて兵庫です」


記録部のデスクに戻ると「どうしたの」と声をかけられる。

「呼ばれてなかった？　何かトラブルあった？」

「いえ、大丈夫です」

自分のテリトリーで深呼吸を繰り返す。速記記号の用字例、会議録の用語集を見る。レポートパッドを見る。シャープペンシルを見る。プラチナの「プレスマン」、２B。落ち着け。

落ち着け。

「……ほんとに大丈夫？　顔赤いけど」

「はい」

心臓が身体の中で大きく膨らみ、しぼんでいた。頭ぐらいになったり、くるみぐらいになったりを繰り返しているような気がした。

びっくりした。ここで働いていれば首相も見る。閣僚も、与野党のトップクラスも、乱暴に言えばふつうにそこら辺を歩いている。新人の頃はテレビや新聞で目にする顔とすれ違うたび「あっ」と思ったが、次第に慣れ、また速記者としての自覚も身につくと野次馬根性は消えた。ここで、異分子であってはならない。

でも西口との接触は、テレビから人間が出てきたような驚きだった。碧は一方的に西口の声を聞き、西口を見ていたが向こうは「黒子」に目もくれない。ずっとそうだったし、これからもそのはずだった。まさかこんなかたちで遭遇しようとは。

最後の、呆気《あっけ》に取られた表情を思い出す。やってしまった。気が動転していたとはいえ、善意で助け舟を出してくれたんだろうに、無下にするようなことを言ってしまった。

発言自体は後悔していない。たとえば本会議場に入る時、記者は記者用の入口を、見学者は傍聴席に通じる入口を使う。速記者席には専用の地下通路が通っている。議場の扉をくぐれるのは国会議員だけだ。その厳密な区分が一部の人間の尊大さにつながるのだとしても、公正中立に、すべての議員に敬意を払うのが速記者の原理原則だと思っている。私情や予断で速記の手が鈍るようなことがあってはならない。

ただ、それと、西口に一言の感謝も述べられなかったのは別問題だ。自分で自分の無礼に焦ってしまって、挙句出た言葉が「兵庫です」、訂正するまでもなく碧のためのはったりだなんて分かりきっていたのに。馬鹿《ばか》じゃないかと思われたに違いない。速記者席にいる時は強行採決になろうが乱闘になろうが動じない自信があるのだけれど。

ひょっとすると今ごろ、食堂なり記者クラブなりで話しているかもしれない。すげえ失礼な速記者に会ったんだけどさ、とあの声で。何年も聞いているから抑揚までがリアルに想像できてしまって、反訳している間も空耳が頭を離れなかった。

「このようなところに来てはいけません、テン、と雅代《まさよ》は繰り返した、マル。カギ、なぜおいでになったのですか、マル。このような日に、マル。きょうはあなたの結婚式じゃございませんか、テン、放ったらかしにされて奥様は今ごろどれほど心細いお気持ちでいらっしゃるか、三点リーダー、カギトジ。あいつのことは言うな、テン、と次郎《じろう》は雅代の手を握った、マル。カギ、しがらみなんだ、テン、分かるだろう、テン、選挙区のために地元の土建屋の娘とめあわされた俺の気持ちが、カギトジ」

そこで声の主は片手を挙げた。筆記やめ、の合図だ。碧も左手を休める。

「休憩しようか。お茶を淹《い》れよう」

「あ、僕が」

「いやいや、まめに動かんと身体《からだ》が錆《さ》びつく一方だからな」

よっこらしょ、と松田《まつだ》が立ち上がると碧はさっきまでのくだりを速記記号からパソコンのテキストデータに起こす。ガラス戸の外には大磯の海が広がっている。

盆を手に戻ってきた老人は「休憩と言ったじゃないか」とキーボードを叩《たた》く碧をすねるように責めた。

「すみません。早く読み合わせできた方がいいかと思ったもので。盛り上がる場面ですから」

「そうか？」

深いしわの走る頬《ほお》がたちまち緩む。年を取ると子どもに返っていくというが、自分もあと半世紀もすれば、このように素直に感情を出せるようになるだろうか。

「ううん、君が淹れた方がうまいな。同じ茶っ葉なのに、なぜだ」

「人にやってもらうと何でもよく思えますよ。僕も自分で作った料理は時においしいと思いません」

「そうかな。この間のいなりずしもうまかったが」

「ありがとうございます。よろしければまたお持ちします」

「ああ、頼む」

短い一服を挟んで、作業を再開する。打ち込みが終わると「読みますね」と言った。

「うん」

「次郎が先生に結婚話を持ちかけられるくだりからですね」

「そうだ」

「『書生として仕えていたころ、靴を並べ、ほうきで掃いた玄関を、このような心持ちで訪れようとは、若き日の次郎は考えもしなかった。師の腹づもりは分かっていた。地元の有力者の娘と次郎を結婚させ、この凍《い》てつく土地での己が地盤を万年雪の如《ごと》く盤石とするためであった――』

「腹づもりを魂胆にしようか」

「はい」

休みの日にはこうして大磯まで出かけ、松田の小説執筆につき合っている。ひょんなきっかけで知り合った、まあ、年の離れた茶飲み友達みたいなものだろうか。物語を考えるのは好きだが字を書いたり打ったりするのは面倒、という彼のために口述筆記のスタイルで。話し言葉を碧が速記し、パソコンに打って読み上げ、また口頭でちょこちょこ修正する、という作業の繰り返しで完成したらどこかの自費出版社に依頼し、友人知人や親戚《しんせき》に「押しつける」ぶんだけ作ってもらうつもりだそうだ。

ちゃんと君への謝辞もつけよう、と言われた時にはつい笑ってしまって、機嫌を損ねた。副業禁止の規定を守るため交通費も受け取っていないが、月に何度か、ちょっと遠出する用事があるのは、無趣味で出不精な碧にはいい気分転換だった。

ひと通り校正が片づくと「仕事は忙しいかね」と尋ねられた。

「まだ今のうちは余裕がありますね。そちらはいかがですか」

「いかがも何も、無職のじじいが忙しいわけないだろう。何だ、あの、シルバー人材センターちゅうのに登録したらすこしは人様の役に立てるかと思ったが、息子の嫁に『お義父《とう》さんに何ができるっていうんですか』って一蹴《いっしゅう》されてな。何くそと思ったが、まあ、その通りだ。馬齢を重ねるとはこのことだな」

「そんなことありません」

「そうかね」

「そのお年で頭も身体もしっかりしていらっしゃるだけですごいと思います」

「後はなるべくぽっくり逝くだけだ」

「そんな」

「誰も困りゃせんよ」

「僕は寂《さび》しくなります」

「そうか、ありがたいもんだ」

こんなにすらすらしゃべれるのにな、と思う。こうして気心の知れた相手となら。数日前の失態が思い出されてまた悔やむ。あの日以降、食堂で姿を見ない。議事堂だけに詰めているわけではないからそれ自体は珍しくないし、まさか碧の態度が原因でもないだろう。ただ、きょうはいるだろうか、いつ来るだろうかと緊張しながら食べるのが落ち着かない。席を変える、という逃げを自分に許してしまうのもいやだったし。次に会えたら、ちゃんと謝れるだろうか。

いつの間にか顔がくもっていたらしい。「疲れたかね」と気遣われた。

「足を崩《くず》しても構わんよ」

「いえ……すこし、自己嫌悪に陥っていました」

「どうした」

碧はありのままに例の一件を話した。松田はふむふむと頷《うなず》きながら聞き、「何だそんなことか」と笑い飛ばしてしまう。

「僕みたいに、人づき合いの下手《へた》な人間にはかなりの懸案です。正直、議事堂の廊下を歩くのも怖気《おじけ》づいてるほどですから」

「しかし、君が困ってるのを見かねて割り込んでくれるような人間ならそんなことを根に持ちやせんだろう」

「それは分かってるんですが……声をかける瞬間をシミュレーションするだけで少々動悸《どうき》がします」

「何を大げさな。こうして、わしとはふつうに打ち解けとるじゃないか」

「年のいった方と交流するのは好きなんです。たぶん、両親が忙しくて田舎で祖父母に育ててもらったせいでしょう」

「三文安か」

「否定はしません」

文机に置いたノートパソコンの電源を落とす。松田はあぐらをかいた膝《ひざ》の上に乗り出すように手をつくと「こう考えてはどうだ」と提案した。

「そもそもだよ、何でそんなに躍起になって議事録の訂正にこだわったかというと、たぶん記者連中に見られたくなかったんだろう」

「そうですね」

結局、訂正や削除の決裁は下りなかった。申請しなかったということだ。気になって速報版をすみずみまで読んだが、特別に不穏当、あるいは不適切な表現はなかったように思う。

「ほら、最近ちょっとでも口を滑らせるとあっという間に火がつくじゃないか。今も二人ばかし、問責決議案出されてるだろう」

「はい」

「火をつけて燃え上がらせるのは誰かっちゅうとマスコミだよ。だから君はそもそもマスコミの人間に迷惑を蒙《こうむ》ったわけで、だからマスコミの人間がけじめを付けるのは至極当然だ」

「……すみません、そういうふうには思えません」

「まあ君の性格ならそうだろうな」

他人事《ひとごと》だと思って。

週明け、さっそく、というのか、西口が食堂に来た。遠くから姿を認めた瞬間、碧はつっかえたように昼食が喉《のど》を通らなくなったが、近づいてくるにつれ、いつもと何だかようすが違うのに気づいた。やけに頼りない足取りで隣のテーブルに来たかと思うと、ぞんざいに椅子を引いて、そのまま卓にばったり顔を伏せる。

具合でも悪いんだろうか。大丈夫ですかと言うべきか、放っておくのがいいのか。逡巡《しゅんじゅん》しながら水筒のふたを開け、中身を注ぐ。そうっと湯気を吹いていると、死んだように突っ伏していた西口が突然頭を上げた。異変を察知した犬みたいだった。

辺りをすこし見回したかと思うと、ばっと顔を碧の方へ向けてきたのでこぼしそうになる。怒っているとかいない以前に、この動きは何だ。

「あの……」

「……いー匂い」

「え？」

「いい匂い、それ、何？」

手の中の容器を指差されて、ようやく西口が何に反応したのか分かった。

「赤だしです」

赤みそだけ中途半端に残ったので、多めに作って水筒に入れてきたのだ。

「うまそう」

西口は言った。大の大人《おとな》が、こんなにもストレートに「物欲しい顔」をするだろうか、ふつう。驚き、というより衝撃だった。

「よろしければお飲みになりますか」という台詞《せりふ》は半ば言わされたようなものだった。

「え、いいの？」

「はい」

「ほんとに？」

「どうぞ」

碧のいるテーブルに移ってくると、カップを受け取り、あさつきを散らしただけのシンプルな赤だしに口をつけ、火傷《やけど》しないか心配になるほど、瞬《また》く間に飲み干してしまう。そして
「うまい」と心の底からの、しみじみとしたつぶやきを洩《も》らす。

「ありがとうございます」

わけが分からない。わけは分からないが、西口の視線が今度は殆《ほとん》ど手つかずの弁当箱に注がれているのは、分かる。いや、いくら何でも、まさか。

半信半疑でおずおずと切り出してみた。

「あの……召し上がりますか？　ちょっとだけ箸をつけましたが」

「そしたら君の昼めしがなくなるよね」

「ここ、食堂ですから」

頼めば何なりとある。

「ほんと？　じゃあさ、俺がおごるから好きなもの頼んでよ。寿司のカウンター行く？」

「いえ、結構です」

きつねうどんを注文している間にもう、西口は「いただきます」と手を合わせていた。そして口をつけるごとに「うまい」と繰り返す。

「赤だし、もっともらっていい？」

「どうぞ」

そんなご大層なメニューじゃない。手羽先のくんせい、つるむらさきのお浸し、油揚げの甘い卵とじと、かぼちゃのきのこあんかけ、青じそとかいわれの混ぜごはん。高級でも、珍しくもない。でも西口は、この世で食べる最後の食事みたいに嬉《うれ》しそうに平らげた。隣から見ていた時と同じ、旺盛で快活で、気持ちのいい食べ方で。

「……ごちそう様でした」

深々と頭を下げられて、つい碧も「お粗末様でした」と返した。

「粗末じゃないよ！　ゆうべ飲みすぎて二日酔いでさ。もう水飲んでも吐くって思ってたんだけど、赤だしの匂いで蘇生《そせい》した。ふしぎだなー」

それで、さっきまでのびていたわけか。うどんが運ばれてきたが、いつもと違って目の前に他人がいると何とも食べにくかった。

しかも西口は、思ってもみなかったことを言う。

「いっつも、手の込んだうまそうな弁当持ってんなって思ってた」

「え？」

「ほら、大体このへん座ってるでしょ？　俺もそうだから、ちょくちょく見かけてて」

こっちが勝手に気にしていると思っていたので、その発言にはかなり焦った。透明人間のつもりだったのに、西口にはちゃんと色がついて見えていたらしい。

「いつだったかな、笹《ささ》の葉にくるんだおにぎり持ってきてなかった？」

「……田舎の祖母が、筍《たけのこ》と一緒に送ってくれたことがありました」

「山ん中ならともかく、国会議事堂の食堂で、きちっとしたかっこの若い男の子がさ、黙々と笹の包み開いてんだもん、びっくりしたな。でもあれもうまそうだった」

顔から火が出るとはこのことだ。馬鹿にされているわけじゃないのは分かるが、いたたまれない。

「いつもひとりだったから、しゃべったらどんな声してるんだろうって思ってた」

碧が、声ばかり聞いていたのと反対に？　――そうだ。声、というキーワードで自分の課題を思い出し、いったん箸を置くと「先日は申し訳ありませんでした」と謝罪した。

「え？」

「せっかく取りなしてくださったのに、僕の方こそ、偉そうな口をききました」

「いや」

今度は西口が慌てる番だった。

「やめてくれよ、こっちこそ反省したよ。軽々しく言うことじゃなかった。いつの間にか思い上がってたんだなって……え、ひょっとして気にしてた？」

「はい。お気を悪くされただろうと」

「気にしないよ。色々言われんのは慣れてるし」

まじめだなあ、と感心よりは苦笑に近い響きに、自意識過剰だと言われてしまった気がしてまた恥ずかしくなった。

「名前、何て言うの？」

「名波《ななみ》です」

「名波くんね」

西口は内ポケットを探り名刺を一枚、テーブルに置いた。

「この前も名乗ったっけ？　西口です」

「よく、新聞で名前をお見かけします」

「うそばっか書いてるから本気にしないでね」

笑っていいのか悪いのか。

「ああ、ごめんね、べらべらしゃべって。のびるから食べて、それ」

「あ、はい」

「俺がいたら食べにくい？　弁当箱でも洗ってようか」

「いえ――」

その時、若い女の声がした。

「西口さん」

「おう、すみれ」

ショートカットで、レモンみたいなラインの、ぱっちりした目が印象的な若い女性記者を、碧は何度か見たことがあった。たぶん、出入りするようになったのは去年の春ぐらいから。

「ヤリコン始まるみたいですよ」

お前ね、と西口は途端に渋い顔をした。

「若い娘が大声で『ヤリコン』なんて言うんじゃないよ」

「みんな使ってるじゃないですか。どうして私だけ『野党理事懇談会』って言わなきゃいけないんですか？」

「俺らはいいに決まってんだろ。ここに染まると男ができないぞ」

「大きなお世話。先に行ってますね」

「あ、おい待てよ」

小柄な身体に似つかわしくない大きな歩幅で――小柄だからこそ、か――歩き去っていくすみれを追って西口は立ち上がる。伝票をさっと取り上げ「払っとくから」と言った。

「いえ」

「いいって。弁当強奪したのは俺なんだから。ちなみにあさっての夜って暇？」

あさって、ということは水曜日。本会議は火木金だし、委員会も今のところ碧のシフトでは予定されていないはずだった。

「はい、おそらく」

「よかったら飲みに行こうよ。酒、大丈夫？」

あまり、と正直に申告すると「俺がそのぶん飲むよ」と言われた。

「駄目ですよ、二日酔いするんでしょう」

思わず突っ込むと西口は笑った。眼の下で笑いじわがきゅっと深くなる。年相応さと無邪気さが感じよくミックスされていて、それこそ選挙のポスターにでもしたらあっさり当選しそうだった。

「もう弁当はパクんないから安心して」

「それは別に構いませんが」

西口さん、とすこし焦《じ》れた、すみれの声がする。よく通ってきれいだ、と思った。

「あーはいはい……じゃあね、名波くん。よかったら名刺に書いてるアドレスにメールしといて」

去り際にまた、思いもよらない台詞を言われた。

「奥さんに、すごくおいしかったってよろしく言っといてください」

数秒考え込んでしまって、やっと、妻帯者だと誤解されているらしいと気づいた。ぬるくなったうどんそっちのけで、空の弁当箱と対峙《たいじ》する。所帯じみている自覚ぐらいはあるが、それほど、何というか、女らしい弁当だったろうか。彩りには一定の気を遣うものの、かわいらしいデコレーションにもキャラ弁にも興味はない。

名刺を手に取る。きっとこの人は忙しくて料理なんかする暇もないんだろう。自分が第一線で働いているから。何で独身なんだろう、とふしぎになった。料理上手で家庭的な女の子とさっさと結婚していそうなタイプ。人好きがして、明るくて、たぶん仕事もできて。困ったな、と名刺の角でちくちく手のひらをつつきながら思った。また、妙な引っかかりを残して別れてしまった。

水曜日の夜、国会記者会館で待ち合わせた。衆参の議員会館と同じく議事堂とは地下通路でつながっているが、碧がそこを通ったのも、記者会館に行ったのも二度目だと言ったら驚かれた。

「そうなの？」

「はい。新人研修の時以来です」

「何で？」

率直に問いかけられて戸惑った。

「何でと言われても……用事がないからです」

「えー、そう？　俺、異動したての頃はもの珍しくて、あらゆる場所うろつき回ったけどなあ」

新聞記者ってみんなそうなんだろうか。万事に消極的な、自分の人間性そのものに疑問符をつけられたようで、決まり悪かった。西口の方でそんな意図がないから余計に。

「去年まで一階に入ってた『スイス』っていう食堂のオムライスがうまかったんだよ。何だ、もっと早くしゃべるようになってたら連れてきたのに――あ、でも、毎日あんな弁当食べてたら外食なんかしなくていいよなあ」

あ、今だ。訂正しておかないと。開きかけた口は西口の「ちょっと歩きたいんだけど、いい？」という問いかけで発声のタイミングを失ってしまう。

「はい」

「国会詰めてると、運動する機会がないからさ」

ゆるやかな下り坂を歩いていく。改めて切り出すべきなのか。こっちからうそをついたわけじゃないし、既婚と思われて実害があるわけでもないのだけれど。

もともと人と話すのは苦手だ。途切れた会話のしっぽをもう一度捕まえるのは難しかった。大縄跳びに入っていけない子どもみたいに、出かけた言葉はすぐ引っ込んでしまう。僕、独身なんですけど。それだけでいいのに。初めてしゃべった時、あんなにすらすら口上が出てきたのは、緊張のメーターが振り切れたせいだ。

「名波くんは、何で速記者になろうと思ったの」

西口の口調は、当たり前だが何の気負いも感じられない。

「あ、取材じゃないよ。個人的な雑談ね」

「何でというほどの理由はないです」と碧は答えた。こっちが受け身の会話ならまだ平気だ。

「高三の時、進路をどうしようかと迷っていて、大学で特にやりたいこともなかったし……それで、学校の図書館で仕事図鑑みたいなのをめくっていたら、たまたま……公務員だし、国会議事堂で働くというのも、面白いなと思って」

「ああ、俺もふっと、何でこんなとこいるんだろう？　って思うことあるよ。あそこ、非日常だよな」

「記者の仕事って皆さんそうでしょう」

「うーん、でも政治部の前は社会部だったから、ギャップがね。仕事の内容自体はそんな変わんないんだけど」

「西口さんは、どうして新聞記者になろうと思ったんですか？」

ようやく、碧からボールを投げることができた。しかし「別に志とか強烈な動機はないんだよね」とあっさり言われた。

「バブルは弾《はじ》けてたけど、まだ就職が楽な時代だったから。俺も別にやりたいこととかないクチだったたから、色々受けたよ。エロビデオの制作会社とか」

「趣味と実益を兼ねてということですか？」

いつぞやの会話を聞いていたのでつい率直に尋ねてしまった。西口が一瞬足を止める。

「趣味って……いや、まあ、見ないことはないです。好きです。でもそういうふうに見えてんの？　キモいおっさんだなー、俺」

「いえ、あの、そういうわけでは」

「確かにタダ見もしたかったけど、単純に気にならない？　どうやって作ってるんだろうって。面接行ったら、すげー熱気でさ。あ、その、エロ空気じゃなくて、真剣な学生がいっぱいいたってことね。面接官も『親に言えないと思ってるやつは今すぐ帰れ』って言うし、おお、こりゃすげーと思ったよ。でもこう、質疑応答とか双方まじめなだけに、今思い出しても笑うなあ。『想定されうる規制強化にどのように対応しますか？』って訊《き》かれて『うちは消しの細かさで勝負してます』って言うんだ」

どう考えても下品な話なのに、西口が言うと不潔さはなかった。ちょっとした語り口や手ぶりに他人の注意を集める引力が備わっている。「辻立《つじだ》ち」で観衆を集めるのはこの手の人間に違いない。

「よく覚えてるんですね」

「そりゃ、だって強烈だったもん。あーでも、もう二十年以上経《た》ってんのか。早いなー」

何となく就いたように言うが、新聞記者という職は西口にとてもふさわしいような気がした。人と接するのがうまくて、好奇心が旺盛で、飛び込んでいける行動力もある。

「速記者になるのって大変なんだろ？」

「試験に受かったら養成所に入って二年勉強して、それからまた試験があって。採用されるのは五人もいません」

「優秀だったんだ」

「たまたまだと思います」

「衆議院と参議院で全然違うんだっけ」

「はい。記号も用語も」

たとえば国会速記は二人一組が原則だが、そのペアを衆院で「主」「副」と呼びならわすのに対して、参院では「親」「子」と言う。

「俺も総理番やってた時、トリテキが大嫌いだったんだよね。分かる？　トリテキ。録画見ながら文字起こしすることなんだけど、速記ができたら便利なのになーってよく思ってたよ。勉強するには至らなかったけど……速記の記号って、素人にはただのミミズののたくりにしか見えないんだけど、どういう法則？」

「色々ありますけど……『日本』と表記する時は二本の線をイコールみたいに引きますね。アルファベットの『C』みたいな字が衆議院、それを左右逆にすると参議院です。ベテランの方ほどオリジナルの記号も編み出してどんどん文字数が減るみたいです」

求められるスピードは十分間に四〇〇〇字。ふつうにメモを取った時の約十倍だ。

「何がいちばん大変？」

「発言者の言葉を理解すること、でしょうか。自分が知らない言葉は耳に入ってこないんです。中には、難解な故事成語を使って答弁される方もいらっしゃいますから。養成所ではそういう、教養の面もかなり厳しかったような気がします」

「単純に、ものすごい早口とか、滑舌の悪い人間は？」

「苦労しますね。僕らの間では『難物』っていいます。逆に、聞き取りやすい人は『お客様』です」

「え、じゃあさ」

西口はすこし声を低めた。

「ここだけの話、衆院でいちばんの難物は？」

「それはお答えできません」

碧はやんわり断る。

「現職の先生について、マスコミの方に何かコメントをするのは、ちょっと」

「ああ、そうだよな、ごめんね。取材しないっつったのに、つい」

殊勝な態度だが、ものすごい小声で「ばれたか」と洩らしたのを聞き逃さなかった。耳をそばだてる稼業はお互い様だ。なるほど、こうしてなしくずし的に情報を引き出す場合もあるのか。こういう人間（しかも複数）と駆け引きをしなければならない政治家の気苦労がちょっと分かる気がした。でも何だか、西口は憎めない。

「故人でよければ、田中角栄《たなかかくえい》さんは大変だったそうです。もちろん僕は知りませんが」

「ああ、なるほどね、分かる気がするな」

何度も頷いてから西口は「ふしぎだな」と言う。

「俺は毎日国会にいるわけじゃないけど、仕事は違っても同じところで働いてて、うっすら顔も知っててさ。本会議場で記者席から見下ろすと名波くんたちがいるじゃん。あんな、唾《つば》も飛んできそうな至近距離から原稿書きたいなーってうらやましかったりしてさ。でも俺、速記の人の仕事とか全然知らなかったし、深く考えなかった」

「僕もです」

いつだって忙《せわ》しなく記者は行き来しているが、こっちは公務員ということもあって、何となく隔たった存在だった。

「図々《ずうずう》しい性格でよかった」

西口は笑う。

「休みの日は何してるの？」

「ボランティアのまねごとを、すこし」

「どんな？」

「知り合いのおじいさんが大磯にいて、趣味で小説を書いているので、口述筆記を。最初は、はがきでの文通だけだったんですが、いつの間にかご自宅にお邪魔するようになりました」

「へえ、どんな小説」

「東北の寒村から出世した国会議員が、料亭の女の人を好きになるんですが、政略結婚させられてしまうんです」

「それで、隠し子をつくるんだ」

「隠し子はまた、別の愛人とつくります。それで、色々あって、隠し子も成長して政界でのし上がろうとするんです」

松田はなぜか順番通りに語らないので、展開や時系列が飛び飛びだが、碧なりに推測してつなぎ合わせるとそういうあらすじになる。

「うーん、ベタだな……そのじいさんって、かなり風変わりだったりする？」

特定の心当たりでもあるかのように訊かれた。

「いえ、気のいいご隠居です。どうしてですか？」

「昔読んだ本、思い出したから。ポール・オースターの『ムーン・パレス』って知ってる？」

「いえ」

「面白いよ。家のどっかにあるから、見つけたら持ってくる」

目的地のホテルまで三十分ほど歩いたが、碧の体感ではあっという間だった。西口は正面玄関の回転扉の前で「実はきょう、もうふたりいるんだ」と打ち明けた。

「え？」

「俺の同期なんだけど、休み重なる日ってなかなかなくて」

「ならお邪魔でしょうから帰ります」

ようやく西口と自然な会話ができるようになったばかりなのに、面識のない人間が二名も加わるというのはどう考えても苦行だ。

「邪魔ってこたないよ。俺が誘ったんだし」

「でも……」

「ほら、せっかくここまで来たんだし、一杯だけ」

「同期の方っていうのは、一体どういう」

「うーん、刑事のコンビみたいな」

「え？」

「いいやつとよくないやつがニコイチになってる」

ざっくりしすぎていないか。

「つまんなかったらすぐ帰ってくれていいし」

つまらないとかの問題じゃないんだけどな、とややずれた説得に内心でため息をつく。きっと西口はイレギュラーなメンバーでも楽しめるタイプだから、碧の気後れが分からないのだ。

それでも結局断り切れず、半ば押されるようにして中に進んでいくと、ロビーに立っていた二人組の男がこちらを見た。

「お疲れ」

西口が軽く手を挙げる。どうやら彼らが同期らしい。

「おせーよ」

シャープなフォルムの眼鏡《めがね》をかけた、細身の男が文句を言う。ひょっとすると「よくないやつ」だろうか。

「そちらは？」

と失礼にならない程度の興味で碧を見やったもう片方は良家の子息がそのまま屈折なく年を取ったような風貌で、「いいやつ」に間違いなさそうだった。一口に同期と言っても好対照の雰囲気、そしてどちらも西口とは全然感じが違う。三者三様に個性的であるようだった。

「衆院で速記やってる名波くん」

「速記？」

よくないやつ（暫定）もそこで初めて碧に目を留める。すっとメスを走らされたように冷えた鋭さを宿した眼差《まなざ》しだった。やっぱり意を決して断るべきだった、と流された自分を悔やむ。気の張る酒になりそうだ。

「はい」

と答えると「へえ」と傍らの男に向かって驚いてみせる。

「由緒正しい知的奴隷《どれい》の末裔《まつえい》だ」

「馬鹿、何言ってるんだ」

「知らねえのか、速記ってローマ時代の発祥なんだよ」

「黙れって——すみません、変なことを言って」

なぜか当人でもないのに謝る。それを見た西口は楽しそうだった。

「ごめんね名波くん、こいつ悪気があって口も悪いんだよ」

「いえ……」

呆気に取られて腹立ちは追いついてこない。

「こっちが佐伯《さえき》、よくない方、で、こっちが静《しずか》。これ名前じゃなくて名字ね」

名波碧です、と名乗ると静が「『へき』って珍しいお名前ですね」と言った。

「漢字は？」

「紺碧《こんぺき》の碧です。祖父が、俳句好きだったもので」

「碧梧桐《へきごとう》？」

今度も、素早く反応したのは佐伯だった。

「はい」

「梧桐ってまた、名字みたいな変な名前だな」と西口。

「えっと……」

碧がちゅうちょしていると佐伯はばっさり「このアホ」と切り捨てた。

「河東《かわひがし》碧梧桐だよ。碧梧桐が名前」

「あ、そうなの？　どっちにしても変わってる」

口にしてからはっと碧を見て「いや違うから」と言う。

「名波くんの名前を悪く言う意図はまったくないんだ」

「気にしないでください」

自分でも変だと思っているし、漢字がきれいなのも却って恥ずかしかった。今でも、他人に説明する時はすこし憂うつだ。

「おいおい政治家なら辞任もんだぜ」

一瞬、しかめたのかと思うほど笑顔らしくない笑顔をつくって佐伯がからかう。

「人様の名前、『変』で一刀両断しやがった。相変わらず粗忽《そこつ》だな」

「だから違うって……佐伯がいらんこと言わなきゃよかったんだ」

「今度は責任転嫁か」

「やめろ、こんなところで恥ずかしい」

静がやれやれというふうに止めた。この三人の関係性が初対面から数分で何となく飲み込めてきた。

「西口、どこに行ったらいいんだ。お前が案内してくれなきゃ分からん」

「はいはい」

エレベーターで三十階まで上がると、どっしりとした木の一枚扉があって、その両側に黒服が控えていた。ものものしいぐらいのところだな、と思っていたら、完全会員制のバーなのだという。しかも百名限定の紹介システムで、誰かが脱会しないと新規加入はできないらしい。席に着いてからそれを教えられ、碧はまた帰りたくなった。「特権」の匂いがするところにはあまり近寄りたくない。特殊な場所で働いているから尚更《なおさら》だ。一介の公務員がこんな、場違いな場所に。うす暗い上に背もたれが高く、他の客の顔が見えないのだけが幸いだった。

「何でお前がそんなうさんくせえ会員権持ってんだ」

佐伯が尋ねた。

「去年まで国対やってた栗原《くりはら》のじい様いるだろ」

重鎮の名前を挙げる。

「地元に引っ込んで畑耕して暮らすっつって、譲ってくれた」

「マスコミの人間引き入れて去るとはハイレベルないやがらせだな」

「ここで見聞きしたことは完オフだって釘《くぎ》刺されてるよ」

「守る気なんかねえくせに」

「どうせ怪しい動きしたらすぐつまみ出されるって」

イエスかノーでは答えず、西口はメニューを開く。

「そういえば佐伯、離婚したんだって？」

「それもおせーよ」

「だってたまにしか本社行かないんだもん。ていうか」

そこでこらえきれなくなったように相好《そうごう》を崩す。佐伯が舌打ちした。

「早く言えよ〜、そういうことはさ〜。お祝いに『天竹《てんたけ》』から樽酒《たるざけ》手配してやったのにさ〜」

「お前がくたばったら葬式に極彩色の花輪送ってやるからな」

これは「男の友情」というやつだろうか。かなり打ち解けた間柄でも離婚の話題なんかそうそう口にできないと思うし、ましてやこれほど臆面《おくめん》なく面白がってみせるというのは。静は完全に無視して「天竹って何だ？」とどうでもいいことを気にしている。

「議員会館の裏手にある酒屋です」

と碧が答える。

「なるほど、ご用達なんだ」

「永田町にはその一軒しかないので、総選挙の時なんかはすごいみたいです」

「へえ。西口、解散いつだ」

「それが分かったら苦労しないって」

「もっともらしい妄想書き飛ばしてる割には弱気じゃねえか」

「ちゃんと取材してるっつーの……ちらつかせてしないタイプもおくびにも出さずに突然打って出るタイプもいるしな。解散と公定歩合については何枚舌でも許されるのが総理大臣ですから」

「とは言っても、解散せずに任期満了ってあるのか？」

「戦後は一回だけだな。七十六年の三木《みき》内閣か。現状なら内閣改造で問責出てる閣僚引っ込める方が可能性高い。一瞬でも支持率は上がるし、予算の時期だから野党のご機嫌も取らなきゃだし。今、ジリ貧で解散したって金使って議席減るだけだ」

「でも本音じゃ解散してほしくてしょうがねえんだろ？」

人の悪い表情を浮かべる佐伯の手の中でグラスの氷がぴしりと鳴った。

「そらそうだよ。だらだら膠着《こうちゃく》してるよりはるかに盛り上がるだろ」

　ぎりぎりまで照明が絞ってあるのに、西口の目がにわかに熱を帯びるのがはっきり分かった。

「今だって休めないってぼやいてるくせに」と静は苦笑いする。

「西口も仕事中毒だな」

「だって選挙って、究極の人間ドラマじゃないか？　日本中でのるかそるかの大勝負だぜ」

「西口先生の注目選挙区は？」

「このへんだと……神奈川3、4区、千葉7区あたり面白くなりそうだな。群馬4区、栃木4区、新潟5区もいいねえ」

「俺は興味ねえよ。出口調査やらでこっちまで駆り出されるんだから。政治部だけで完結してくれるなら構わねえけど」

「そう言うなって。ご家庭が解散したんだから暇だろ」

「てめえんとこよりは長く保《も》ったよ。三年やそこらで別れやがって、祝儀返せ」

「佐伯くんそんな、大昔の話を」

「傷心のあまり会社で泣いたらしいじゃねえか。現場に立ち会えなくて残念だよ。何で誰も写真撮ってねえんだ」

「あ、俺、ちょっとトイレ」

西口が一時逃亡すると、静が「あんまり言ってやるなよ」と佐伯をたしなめた。

「向こうから吹っかけてきやがるんだよ」

「言いすぎだろう。俺たち三人だけならまだしも、西口の連れがいるんだから恥をかかせるんじゃない」

「つぶれて困るほどご立派な顔でもねえだろ」

「だからそういうことを言うなって……」

すいませんね、と謝られたが、気の利いた返しが思いつかず、曖昧《あいまい》に首を振るしかできない。

「西口とは長いつき合いなんですか？　失礼ながら速記の方の仕事について詳しく知らないんですが、記者と交流する機会があるんでしょうか」

「いえ……あの……ちょっとしたトラブルの仲裁に入ってくださって」

「ああ、面倒見のいい男ですから」

「本当に最近のことで。正直、離婚されてたのも知らなかったぐらいで……」

会話が途切れると自分が白けさせたみたいで碧はどきどきしてしまう。浅い間柄なのに、友達同士の集まりにのこのこ顔を出したと思われていたらどうしよう。こっちはただ、西口に引っ張ってこられただけなのに。

「そういや、こないだサッチャーからメールきてたな」

思い出したように佐伯がつぶやいた。

「何て？」

「姪《めい》が香港に留学するんだと。俺もう日本だよって返したらそれっきりだけど」

有名人には大概慣れているが、えらくスケールの大きい名前が出てきて思わず目を見開くと、静が気づいて「違う違う」と手を振った。

「紛らわしくてすみません。昔の同僚のあだ名です。優秀な女性だったので」

そこへ西口が戻ってくるなり、碧に「ごめんね」と声をかけた。

「何がですか？」

「さっきトイレで気づいたんだけど、俺ら三人ともバツイチだから、離婚が伝染《うつ》ったら申し訳ないなと」

伝染るか、と佐伯が失笑する。

「結婚してるのか、彼は」

「うん。毎日すっごいうまそうな愛妻弁当持ってきてるもん。ていうかうまいんだけど」

「何で知ってるんだ」

「秘密」

「指輪してねえけど」

佐伯の目がちらりと左手に注がれて、今度こそ訂正のチャンスだと思った。西口さんが誤解されてるだけです、と。

しかし。

「だってこの人左利きだもん」とまた、西口が先んじた。

「速記する時邪魔なんだよ。なあ？」

利き手の話なんてした覚えがないのに、よく見ている。そして碧はつい「はい」と言ってしまった。思い込みがうそとして確定した瞬間だった。自分の煮え切らなさがいやになる。

味なんてまったく分からないオールドパーを舐めていると、背もたれの後ろからすっと覗《のぞ》き込んでくる人影があった。

「あ」

西口が素早く立ち上がる。

「……聞き覚えのある声がしたと思ったら、やっぱり君か」

「ご無沙汰《ぶさた》しております」

何代か前の首相だった。碧も当然、職場で見かけはするが言葉を交わす機会などはない。

「最近とんと寄りつかんな。野党に転落したが最後、見向きもされん。寂しいもんだ」

「ほんの十年前は、四六時中張りつかれて息もできんとぼやいておられましたが」

「はは、まあ勝手なもんだ」

「きょうは解散攻勢の作戦会議ですか」

「それならわざわざ声をかけんよ。飲みすぎには気をつけなさい、また遅刻するぞ」

気難し屋で知られた政治家で、国会内では仏頂面しか見たことがなかったのに、プライベートという場面を差し引いても別人のようなにこやかさだった。

「何の話だ、遅刻って」

静が尋ねる。

「俺、ちょうどあの人ん時総理番だったんだ。外遊について行く時、寝坊したことあって」

「……大失態じゃないか」

「いや間に合ったよ最終的には五分遅れぐらいで。ネクタイも締めずにタクシー飛ばしてさ。もうタラップ外すとこだったから土下座して入れてもらった」

「車輪で轢《ひ》いてやりゃよかったのに」

「うるさいよ佐伯……。どこの社の馬鹿だって機内で青筋立てられてさ、ふだん好き勝手書いてるからには自分の遅刻も記事にするんだろうな！　って。機嫌直してもらうのに苦労したよ」

「どうやって許してもらったんだ？」

「初めての外遊同行でわくわくして眠れませんでしたって正直に言ったら横で聞いてた外務省のスタッフが吹き出して、後は何か、しょうがねーなみたいな感じ？」

「西口らしいな」

「俺らしいって？」

感想を言ったのは静だが、その問いに答えたのは佐伯だった。

「愛嬌《あいきょう》とノリだけで成功してる」

「どこが成功してるんだよ」

「前半は否定しねえんだな」

「そりゃ、佐伯みたいに出来がよくはないよ」

冗談めかしていたが、かすかな自嘲《じちょう》の響きがあった。静もすこし、おや、という表情をしたが、その発言について誰も何も言わなかった。


ホテルを出て、西口はもう一軒行こうとしきりに誘っていたのに、表通りを見るや急に顔色を変えて「ごめん」と短く告げるとタクシーに乗り込んで行ってしまった。

豹変《ひょうへん》についていけず、立ち尽くしてテールランプを見送る碧の後ろで佐伯が「ご苦労なこった」と言う。

「え？」

「大方、どっかの偉いさんの車でも通ったんだろ」

一見して分かるような目立つ車種はなかったはずだ。

「……車のナンバーを覚えてるんですか？」

「百や二百は頭に入ってるだろ、仕事なんだから」

顔と名前を一致させるのと一緒だ、とこともなげに佐伯は言ったが、到底そうは思えなかった。

「すごいですね」とつぶやくと静は「人の会話をリアルタイムで書き取る能力だって十分すごいと思うけど」と笑う。

「それは――」

そうかもしれないが、西口のような仕事は絶対にできないと思った。ついさっきまで陽気に話していたのに、記者の顔に一変すると一滴の未練もなく行ってしまう。こんなオンオフのまだらな生活、疲れないんだろうか。そして、あんなに頑張ってるのに、とバーで感じた微妙な引っかかりがまた顔を出した。出来がよくない、という発言。らしくない、いじましさみたいなものが漂っていた。

速記者としての有能さならシンプルだ。速く正確であること。新聞記者の「出来」って何で決まるんだろう。彼らがどうやって情報をキャッチし、引き出し、確証を得て記事にしているのか碧にはまったく分からない。毎日見ているのに。

家に帰ると、宅配ボックスに田舎からの荷物が届いていた。米やら乾物やら塩漬けの保存食やら。

十一時。ちょっと迷ったが、宵っ張りの祖母はまだ起きているだろうと電話をかけた。

「もしもし、おばあちゃん？　荷物届いたよ、ありがとう」

『今帰ってきたんか？　遅くまで大変やねえ』

「ううん、ちょっと、お酒飲んでた」

『あらあ、珍しい。楽しかったんか』

「高いところに連れて行かれたから、よく分からなかった」

『でも声がいつもより明るいねえ、よかったねえ』

「……そうかな」

『せや。若いんやからもっと遊びに行かんとねえ。年寄りに育てられたせいですっかり大人しい子になってしもうて』

「関係ないよ」

両親はともに医師だが、NGOに所属してあっちの発展途上国、こっちの紛争地域と夫婦で薬やメスを背負って行ったり来たりする生活だった。子連れなんて不可能だけど、荷物のひとつみたいに碧もそこに組み込まれていたら、もっと外向きな性格にはなっていたのかもしれない。

「おじいちゃんは？」

『お酒飲んでぐうぐう寝てるわ』

「駄目だよ、あんまり飲ませたら。血圧高いんだから」

『本人に言うても聞けへん。あんたのお嫁さんさえ見られればいつくたばってもええ言うてるし』

そんな予定は皆無だ。

「来月の誕生日何が欲しい？」と碧の方から話題を変えた。

『何にもいらんよお。碧が元気で働いとってくれれば。次、選挙になったらどこに入れたらええんかねえ』

それは自分で考えて決めないと、と何度も言い含めて電話を切った。一職員だと分かっているはずなのに、政治に関わる案件は何でも孫に聞こうとするのだった。万が一新聞記者になんてなっていたらもっと大変だろうなと思う。

荷物の中に緩衝材代わりのさらし木綿を入れてくれていたので、台所用のふきんにするために縫っていると、今度は電話がかかってきた。「西口さん」と表示が出ている。すこし身構えて「もしもし」と出ると「西口です」。声の、明るい印象は電話越しにも変わらなくてほっとした。

『すいません、俺から無理やり誘ったのに尻切《しりき》れとんぼになっちゃって。もう、家帰った？』

「はい」

『三人で飲んでてもよかったのに』

適当だな、と軽く呆《あき》れる。こういう大雑把《おおざっぱ》さとか、選挙をゲームみたいに待ち詫《わ》びる不謹慎さとか、は正直、碧の好きな類のものじゃない。でも不快にならないのが自分でふしぎだった。

「それはちょっと……西口さんは、取材の甲斐はあったんですか？」

いや全然、と残念そうでもなくあっけらかんと答える。

『先方が何事もなく家帰って終了。ま、大体そんなもんなんだけど』

「へえ……」

『ん？　何？』

「いいえ、それがうそかもしれないんだなと思ってました」

『ええ？　何で』

「だって新聞記者だから」

『取れたネタはほいほいしゃべらないって？　そういう時が絶対ないとは言わないけど、きょうはほんとに空振りだよ。千にひとつのまぐれ当たりが忘れらんなくてヤマ張っちゃうんだ。麻薬みたいなもんだよ、この仕事』

「大変そうですね」

『そのかわり俺みたいな凡人にもラッキーヒットが巡ってくる時があるから。いいんだか悪いんだか分からんけど、成功体験っていうのも——今、何してたの？』

急に話を振られ、テーブルの上の布と針と糸を見てつい正直に「縫い物を」と答えてしまった。

『え？』

「あ——えっと、妻が縫い物をして待っていてくれました」

『何だのろけかよー』

またやらかした。勘違いの下絵を次々塗り重ねて補強してしまっている。でも、今まで政治家の車を追いかけていた相手に、ちくちくふきんを並縫いしてましたなんて、恥ずかしくて言えるわけがなかった。自分の男性性について深く考えたことはなかったが、碧はこの時初めて、同じ男なのに、というコンプレックスを感じたのだった。

奥さんにちょっと代わってよ、なんて言われないうちに「同期の方と仲がいいんですね」と話しかけた。

『仲、いいかあ？　まあ気心は知れてるけど』

同期ってふしぎだよな、と西口が言う。

『あいつらと同じ学校の、同じクラスにいてもつるまないような気がするんだけど、一緒に会社入ったってだけで、ただの同級生とはちょっと違うんだ。お互い別の部署だし、佐伯なんか外報だから海外飛び回ってたのにさ』

そっと立ち上がってカーテンを細く開ける。見慣れた家やビルの灯《あか》り。西口はどこからかけてるんだろう、と思った。家かもしれない、外かもしれない、会社かもしれないし、また記者会館か、国会の記者クラブに戻っているのかもしれない。どこにいるのか分からない相手と話をしている、ことの心許《こころもと》なさ、みたいなものを急に感じたのだった。

『名波くんは、同期っている？』

「養成所から衆議院に合格したのは僕を含めて三人です。でも二人ともも う、辞めてしまいました」

『公務員なのにもったいない』

「家庭の事情とか、色々あったみたいですから」

『ふうん。そうか、でも、寂しいな』

ぽつりと洩らされた言葉に、碧は自分でも驚くほどむきになって反論してしまった。

「別に、友達作るために働いてるわけじゃありません」

もちろん、口にしてすぐ後悔した。西口は「そりゃそうだな」と無難に引き取ってくれはしたが、やはり白けてしまったのか、その後すぐに「おやすみ」と通話を切り上げた。
『遅くにごめんね。奥さんによろしく』
その発言に訂正を入れることも、もちろん、できなかった。

午前中の委員会の速記を終えて廊下を歩いていると、与党の党本部の扉の前に人がびっしりたかっていた。離脱して新党立ち上げ、をささやかれている幹部がいるから、その件かもしれない。いつもなら気にも留めない光景なのに、目が引っかかったのは「立ちんぼ」の中にすみれがいたからだった。そして扉が開いて渦中の議員が出てくると、我先にと群がっていく。

「新党の構想は――」

「地方首長との連携も取り沙汰されていますが？」

「離脱はやはり、増税反対を貫くということですか？」

小魚の大群が、ひとつのシルエットになっている様を思い出す。先頭の動きに合わせて進み、止まり、そこに統一された意志が存在するような。試験で選抜されるのならともかく、こういう、目に見えるかたちでの単純な競争は苦手、というか無理だ。バーゲンでくたびれるぐらいなら定価で買うし、殺気立ったラッシュの中乗降するより一時間でも二時間でも早起きする方を選ぶ。

別世界だ、と思いながら一団とすれ違い、すぐに「きゃっ」とちいさな声が聞こえて振り返る。すみれが床に尻もちをついていた。群れの中から弾き出されてしまったらしい。碧は慌てて「大丈夫ですか」と駆け寄ったが、すみれは見えてもいないように気の強い表情できっと唇を引き結ぶと、立ち上がって集団に食らいついていった。飛躍に似た大股《おおまた》の歩みで。

そうかいつでも、ああやって必死に追いつこうとしているのか。ごついマイクやカメラを抱え、取材対象しか目に入っていない連中に混ざるのは、フィジカルな危険を伴うものだろうに。女性の記者は今なら珍しくないが、すみれはひときわ小柄だった。もしこういう状況じゃなくて、彼女が転んだり、重い荷物を運んでいたりしたら、決しておざなりな扱いはされないはずだ。

仕事中だから、誰もがたった一言のコメント、一瞬の反応を得ようと必死だから、転んでも一顧だにされないのが、男女同権ということなのかどうか、碧には分からない。ただ、みじんも怯《ひる》んでいなかったすみれのひたむきな横顔に、何となく自分の軟弱な物思いを叱《しか》られた気分になった。

昼休み、食堂のいつものテーブルに行くと、隣に西口と、すみれがいた。碧の姿を見るなりすみれは立ち上がり「ごめんなさい、さっきは」と頭を下げる。

「せっかく気にかけてくれてたのに、私、ちょっとテンパってて……」

「僕はいいんですが、大丈夫ですか？」

「あ、はい、慣れてるんで」

「すみれ、どしたんだよ」

と西口が尋ねる。

「さっき人波に負けて転びました」

「どんくせ」

いともあっさり笑い飛ばしてみせる。それでいいのか、と碧が心配になるほどだった。

「ちっこいから視界に入んないんだよなー。竹馬の練習でもするか」

「放っといてください」

薄情な上司にいやけが差したか、さっさと席を立ってしまった。

「あーあ、怒っちゃったよ」

別のテーブルにわざわざ着くのも不自然な気がして、すみれがいた席に腰を下ろし、弁当の包みを広げる。

「きょうもうまそうだね」

「食べますか？」

覗き込んできたくせに、たちまち大げさに身を引いた。

「いやいや、そんなつもりじゃないから、まじで。名波くんはいい奥さんがいるんだなーってそんだけ。奥さん専業？」

「ええ、まあ……」

「お子さんは？」

「いません」

この誤解、もう解ける気がしない。

「名波くんて若いのに人生設計がしっかりしてていいな」

「別にそんなことは」

これぐらいは踏み込んでも失礼じゃないだろうか。碧は西口に「いつ離婚されたんですか？」と尋ねた。案外簡単に「十二年前かなあ」と返ってくる。

「その後、再婚は？」

「ないない、一度失敗しちゃったから、なかなかそんな気にはね。子どもさえいれば別れずにすんだかもって思ったこともあったけど、今となってはいなくて正解だった」

口調こそ軽かったが、かなり苦い要素を含んでいる。失敗、とはっきり言い切ってしまえるのは、月日が経って割り切れるようになったからか、よほど深刻なトラブルがあったのか――泣くほどの。誰と暮らしたって笑っていそうな西口の陽気さからは想像しにくい。

もっとも、碧に見せる面がすべてじゃないだろう。この人が結婚相手にと望んだ相手はどんな人なんだろうとちらりと考える。西口は「真っ昼間にする話じゃないな」と自ら切り上げた。

「出会いもないしさ――ま、こういうネタはまた今度飲みに行った時にでも」

「相手、いませんか？」

「へ？」

「さっきの——すみれさんとか」

名字を知らないので、やむなく下の名前で呼ぶと西口は「何でだよ」と学生がするみたいに椅子の前脚だけ宙に浮かせて身体を揺らした。

「名前で呼んでらっしゃるから、特別なのかと」

「勘弁してよ、俺だけじゃないって。あいつ『佐藤』で、政治部にあとふたりいんの。紛らわしいから、そんだけ。面白いこと言うなあ」

「面白いですか」

「俺とすみれじゃ二十近く離れてんだよ。ありえないでしょ。それより名波くんの友達とか、いたら紹介してやってよ、あいつに。あ、もう行かなきゃ、じゃね」

「お疲れ様です」

ところが、立ち去ったかと思えば西口はすぐに戻ってきた。

「名波くんごめん、あのさ、このへんでいちばん近い薬局ってどこかな？」

政界の中心部という土地柄、付近にはコンビニを始めとする一般の店舗がほとんどない。

碧はすこし考えて答えた。

「湿布《しっぷ》なら、僕の机にありますから何枚かお分けできますよ」

「えっ」

「すみれさんに、じゃないんですか」

「まいったなー」

まんざら冗談でもなさそうに後ろ頭をぼりぼりかいた。

「名波くん、俺よりこの仕事向いてんじゃない？」

「たまたまですよ」

軽く右足を引きずりながら出て行くすみれ、を見ていた西口、を見ていた。それだけの話だ。観察も碧の仕事だから。文字と向き合うだけが速記者ではなく、議場の雰囲気、発言者の態度を全身で感じてきょうは長引きそうだとか、荒れるかもしれないなとか予測を立てる。

「湿布、取ってきますね」

返事を待たず、記録部に行って常備している湿布を数枚取ってくると西口に差し出した。

「よく湿布なんか持ってんね」

「仕事が立て込むと、腕を痛める時もありますから」

慢性的な腱鞘炎《けんしょうえん》は職業病のようなものだった。

「じゃあありがたく頂きます」

手を合わせて碧を拝むと「でも俺、あいつに下心とかないからね」とわざわざ念を押した。

「こっち一応キャップだし、よそのお嬢さんに怪我《けが》させちゃいかんなって、強《し》いて言うなら親心みたいなもんでね……こんなこと言ったら引くかもしんないけど、本音じゃ女の部下なんかつけてほしくないって思ってるよ、俺は」

「え？」

面倒くさい、と、ぼそりと吐いた声は低く、途中まで冗談だろうと思って聞いていた碧は固まった。西口はそれに気づくと「オフレコね」と取りなすように肩を叩いた。

分からない、と思った。本当に面倒くさいのならわざわざ薬局に行こうなんて考えるだろうか。すみれへの心配は本物、でも煩《わずら》わしい、のもたぶん本音。

人に親切で、人から好かれて明るくて、仕事に打ち込んでいる、ただそれだけではない、ねじくれた影が西口には差しているような気がした。


翌朝、出勤すると記録部の前にすみれがいたのでびっくりした。

「おはようございます」

「どうしたんですか」

「きのう、湿布分けてくださってありがとうございました。同じの買ってお返ししようと思ったんですけど、分からなくて……」

「いえ、そんな……そのためにこんな朝早くから？」

「あ、きょうは朝回りもあったんでついでです」

「朝回り？」

「私の担当してる先生、犬の散歩が日課なんで、その後ろをついて行くんです」

「……大変ですね」

あまりやすやすと大変なんて言ってはいけないのかもしれないが、つい口にしてしまった。

しかしすみれは「仕事ですから」と笑う。

「犬、かわいいし。じゃあ、また」

アンバランスに大胆な歩みを見送りながら、なぜかため息が出た。紹介する心あたりもないが、あんなしっかり者じゃ、同年代の男なんか物足りなくて眼中になさそうだ。

机に向かうと、上司から「女の子、待ってたでしょう。名波さんいらっしゃいますかって聞かれたわよ」と耳打ちされた。

「新聞社の子よね。つき合うのは自由だけど、色々気をつけた方がいいんじゃない」

黒子に徹するべし、が速記者の掟《おきて》だし、公務員としての守秘義務もあるので当然ながら積極的にマスコミと関わり合うような部員はいない。碧は慌てて「そんなんじゃありません」と湿布をお裾分《すそわ》けしただけの間柄だと説明した。

「ふーん。律儀っていうか、重たい子だね。かわいいのに」

「重たいってどういう意味ですか」

「ふつうの若い娘は、若い男に何かしてもらうのなんて当たり前だと思ってるからいちいち恩に着ないでしょ」

それは偏見というものでは、と控え目に反論を試みたが「私だって十年前はそうだったんだから」と力説されてしまった。

「だから、名波くんに気があるんでもなきゃ重たい子ねって思ったの」

ただ義理堅いのをここまで言われるとは女の人って難しいな、と思ったが、男なら「勘違い、キモい」とでも評されてしまうのだろうか。

何にせよ。

「僕に気があるってことはないと思います」

「あら、そうなの？」

「ええ。好きな人がいるみたいですから」


「私は一体あの人に何をしたというのか、テン、と雅代は腕の中のおくるみを青ざめながら見下ろした、マル。それは雅代が狂おしいほど焦《こ》がれながらついに叶《かな》わぬ夢となった小さな命であった、マル。次郎との子を三度諦《あきら》めその手術の結果、テン、雅代は石女《うまずめ》となってしまった、マル。産科の硬くつめたい寝床で流した涙も男には見せず、テン、恨み言ひとつこぼさずに日陰の分を弁《わきま》えて尽くしてきたつもりだった、マル。なのに次郎は、テン、雅代でも奥方でもない女との間に子を成し、テン、それを雅代に育ててくれと言う、マル。これが人間のすることだろうか、長棒。雅代の全身はぶるぶると震え、テン、激しく脈打つ心臓とは裏腹に手足を流れる血潮は氷のごとくに冷えていた、マル」

休止の合図の後、松田は片手で顎《あご》を撫でると「どうしたね、きょうは」と尋ねた。

「はい？」

「ちいと手の動きが、いつもより鈍いな」

「追いつけない、ということはありませんが」

「君の腕前ぐらい分かっとる。だからこそ精彩を欠くと一目瞭然《りょうぜん》なんだ。調子が悪いんなら遠慮せずに言いなさい。大体君はまじめすぎるからな。暇つぶしぐらいでいいと言っとるのにこうしてほぼ毎週、律儀に通ってくるし」

「ほかにすることがないからです」と正直に申告した。

「そうかね。わしが君ぐらいの年の頃には、一日が百時間あっても足りんと思ったがね」

「この通り、覇気のない性格ですから――それが原因で、つまらないうそをついてしまいました」

「ほうほう」

松田の目が輝いた。隠居生活でよほど外の刺激に飢えていると見える。

「どんなうそだ」

「既婚者だと」

「女に？」

「いいえ」

「君はつくづく変わっとる」

着物の羽織紐《はおりひも》の房を手でぽんぽんもてあそぶ。

「ふつうは、所帯持ちの男が、女騙《だま》す時に独身だって言うもんだが」

「それはそれでふつうではありません」

「何だってそんなことになったんだ」

「それがよく分からないんです」

「おいおい」

「最初は、先方のちょっとした思い込みだったんですが、こちらからも補強してしまったので、もはや僕が能動的についたうそです」

「一本いいかね」

「どうぞ」

松田は袂《たもと》を探り、両切りのゴロワーズを取り出すとマッチで火をつけてうまそうに吹かし始めた。ひとりきりになったかのようにリラックスした表情で、そういう計算なのかどうかは分からないが、そうして煙草《たばこ》一本分の時間放っておかれると、心をもやもや覆っている垢《あか》がもろもろ剝《は》がれ落ちていくのを感じる。煙を吐き出すかすかな音と潮騒《しおさい》の他には何も聞こえない。ここに来ると、東京は何て騒がしいところだろうと思う。

「……その人は」

碧は独白のようにつぶやいた。

「とても明るくて、エネルギッシュで大きな仕事をしていて。何ていうか、僕の目から見て非常に男性的です」

「君の勤め先には掃いて捨てるほどいるんじゃないのか」

「そうですね、新聞記者の方で」

「どこの」

「明光です」

「購読者だ、よろしく言っといてくれ。最近どうも社説がつまらんと——すまん、脱線したな」

「僕はあまり人と接触せずに働いていましたから、男の平均値みたいなものに疎いんですが、急に恥ずかしくなったんです。こまごまと料理や家事をしている自分が。女々しい、なよなよしたやつだと思われるんじゃないかと。それが怖くて、架空の妻をでっち上げて見栄を張ってしまって」

「見栄も覇気のうちだろう」

二本目を吹かしながら老人はおかしそうに言った。

「時々君は、わしより枯れとるんじゃないかと心配な時があるからな、安心した」

「小心ですから。うそをついていると思うだけで気が重いです」

「なら今から本当にしちまえばいい。婚活やらいうの、流行《はや》ってるんだろう」

「無理ですよ……」

ふと、すみれの顔が浮かんだ。

「女の人と仕事するというのは面倒なことでしょうか」

「何だね、やぶから棒に」

「ちょっと思うところありまして。すみません、ほかに思ったことをしゃべる相手がいないんです」

身も蓋《ふた》もない発言に「結婚を考えた方がいいぞ」とまじめに忠告された。

「女と仕事？　そりゃ男より面倒に決まっとる。向こうもそうだろうさ」

「そうですか」

「君はそう思わんか」

「よく分かりません。僕の仕事はデスクワークなのであまり性差を意識したことはないんです。ただ、人の速記を見せてもらった時、省略の仕方や発想が大胆と言うか柔軟で、あっと思わせられるのは女の人の方かもしれません」

「そりゃあ、総じて女の方が賢いからな」

自信たっぷりに頷いた。

「母ちゃんや女房に、あんなに頭が上がらんのだから」

これには碧が笑った。

「なるほど、納得しました」

「ただまあ世の中、うまいことにと言うべきかまずいことにと言うべきか」

「はい？」

「男の馬鹿はいい方に転ぶ時もあるが、女の賢さちゅうのは得てして悪い方に転がる」

「……その、いい悪いはどこで決まるんですか」

碧の問いに、にやりと人の悪い笑みで答える。

「ま、男の都合だわな」

「……色々と、含蓄のあるお答えをありがとうございました」

「出まかせだよ。真に受けるようなもんじゃない。こんな世迷言《よまいごと》でよければいくらでもしゃべってやるぞ」

では、女性と別れて泣く、ということについてどう思われますか、と訊いてみたくなったが、やめておいた。

帰りの電車の中で、西口から着信があった。自宅の最寄り駅で降りた後かけ直すと「こないだ言ってた本見つかったんですけど」と言う。

「わざわざ探してくださったんですか？」

『いや、俺きょう休みで、久しぶりに家の掃除しててさ。名波くん今、家いる？」

「もうすぐ着きます」

『あーそう、じゃあ届けに行こうか』

「えっ⁉」

『公務員宿舎だよね？　どうせ永田町周辺だろ？　俺、何度も行ってるから』

「えー……っと、その」

どうしよう。家に来られては困る。玄関先にも上げずにやりとりするのは失礼だし、かといって部屋に招いたらひとり暮らしであることはすぐ露呈するわけで。

「あの、いいです、急ぎませんから。来週、国会でお会いした時にでも」

『来週頭って俺いないんだよー。ほら、都道府県連の集会とかあちこちでやるから、党のお偉いさんにくっついて地方行脚《あんぎゃ》』

いやだからこっちは急いでないし、そもそも熱烈に読みたい本ではないし——というのを、角を立てずに丸めて伝える技術が碧にはないのだった。

それに。

『大丈夫だって』

西口の声は、何だか今にもドアを開けて外に出たそうな感じだった。

『夫婦の週末を邪魔しないから。あ、何なら集合ポストに放り込んで帰ってくるよ』

それならまあ、と思いかけたが、部屋番号から間取りが割れないとは限らない。完全に単身者用のワンルーム。複数回虚偽証言を重ねてしまった今となってはもう、真実を打ち明けるなんて至難の業《わざ》だった。

遠慮するふりをして考えを巡らせた結果、いちばん穏便なアイデアを口に出した。

「では、僕が取りに伺います」

『え、いいよ』

「いえ、こちらこそお邪魔はしませんから。それに公務員宿舎ですから、西口さんの顔を知っている者もいるかもしれませんし」

マスコミの人間と交流して悪いということはもちろんないが、自宅となれば無用な誤解を招きかねない。その辺の事情は、西口もすぐ察したようだった。

『んー、じゃあ来てもらおっかな。悪いね、なんかごり押ししたみたいで』

「いえ」

西口はきっと、きょう見つけたからきょう渡したい、と思ったのだろう。碧の気持ちや都合はさておくほど。子どもみたいな人、と思う。目の前の衝動が第一になってしまうところ。

「みたい」じゃなくて立派にごり押しで、かなり困らされたはずなのに、碧はその稚《おさな》い直情を疎《うと》ましく感じなかった。あの人らしいな、と笑いさえした。

仕事をしている時の西口、部下と話す時の西口、同期と軽口を叩き合う時の西口。細かな多面体のミラーボールみたいに違う面が、それぞれに西口らしい力強さで、光っている。碧の中で。面倒だ、と言い切った時の西口も。大人で子どもで職業人で、そしてたぶん、ある部分でとてもつめたい。


手ぶらでいいよと言われたのだが、一応、六缶入りのビールを持って西口のマンションを訪れた。

「あ、ごめんね、休みなのに。どうぞ」

碧の部屋と同じ長方形のワンルーム。でも広さは倍以上あった。視界を遮るものがないので、玄関を上がるとすぐ、潔いぐらいすこんと目に入ってしまう。うわさの七十インチテレビと、それから壁際で存在感を放つキングサイズのベッド。ぎこちなく視線をそらすと、西口はたちまち気づいて「ごめん」と言った。

「生々しい？　でも基本的には俺がひとりで寝てるだけだから」

当たり前だろう。きれいにととのえられているし、何ら具体的な痕跡《こんせき》があるわけではないが、やはり目のやり場に困るというか。衝立《ついたて》ぐらい買えばいいのに。

「大きいのが好きなんですか？」

「おっぱい？　いやそうでもないけど」

「いえ」

テレビにしろベッドにしろ、と説明しかけて、単にからかわれているだけだと気づいた。

「……そういう冗談は、西口さんの会社の方だけに言ってください」

「ごめんごめん、こっち座って」

まったく反省していないそぶりで碧をキッチンカウンターのスツールに促した。寝床に背中を向ける体勢になるのでほっとする。カウンターの上には古びた文庫本が置いてあった。天地も小口も、うっすら黄ばんでいる。

「これ、例の本。持ってって」

「本当にいいんですか」

「何で」

「年季が入っているので。大切なものなんでしょう」

「しまい込んで忘れてただけ。こんな小汚い本わざわざよこしてくんなよって、ふつうは思わない？」

「古本好きですよ、僕」

社交辞令じゃなく、碧は答えた。

「折り目とか書き込みがあるの、新品よりもむしろ楽しいです」

西口は冷蔵庫に入れたばかりのビールをふたつ、取り出して並べる。

「そんなに愛着があったのに飽きて売り飛ばしたんだって思ったらせつなくならない？」

「いっときであれ、必要とされていたのが分かる本はいいと思います。引っ越しでやむなく、だったのかもしれませんし、持ち主が亡くなったとか、間違えて処分されたとか……不要になって手放されたと決まったわけでもないでしょう」

「名波くんはクールに見えて案外性善説の人なんだな」

「西口さんは寂しがりなんですね」

深く考えもせず、とっさにそんな言葉が口をついて出た。はるか年下の男から言われて愉快な発言じゃないだろうとすぐに慌てたが、西口は苦笑いして「だね」と認める。プルタブを起こし、喉をごくごく盛り上がらせてビールを飲んだ。

「そりゃ寂しいよ。年々独《ひと》りが身にしみる。名波くん誰か紹介して」

「心当たりがありません」

「薄情だな」

「西口さんなら周りにいくらでもいるんじゃないですか」

「いないよー。あんなむさ苦しい職場」

あっという間に三五〇ミリ缶を空にすると「きょう、早く帰んなきゃいけない感じ？」と尋ねる。

「え？」

「めし食いに行こうよ。奥さんが作って待ってんじゃなけりゃさ。外食ばっかだからうち食いもんないんだ。家呑《いえの》みできたら楽なんだけどな」

買ってきて作りますよ、と言いそうになった。材料なんか、コンビニのものでもそれなりにできるし、ビールは直《じか》じゃなくてグラスに注ぎましょう、せっかく飲むんだからその方がきっとおいしい、と。

でも碧は自分の「設定」を守らなければいけないので「はい」とだけ返事をし、ほとんど減っていない缶ビールを急いで飲み干した。

「きょうもボランティアしてたの？」

「はい」

西口の声はいつもより大きく、間延びしていた。酒のせいだ。三軒もはしごする展開が待っていようとは思わなかった。強要されるようなことはなかったが、ご相伴なしにここまでぐいぐい飲む人間も珍しい。あすは日曜、碧はいいけど西口は本人の話によれば出張するはずで。

「西口さん、大丈夫なんですか。あした、何時起きですか」

「んー……五時？　六時？　ぐらい」

「だいぶ違います。駄目ですよ、遅刻したら」

「大丈夫だって」

西口は急にまじめな顔つきになった。

「政府専用機が待ってくれたんだから『のぞみ』だって待っててくれる」

「そんなわけないでしょう。あの、あした電話します、朝。だから正確な起床時間を思い出してください」

「モーニングコール？　名波くんが？」

「はい」

今度はぷっと吹き出して碧の頭をぽんぽん叩いた。

「何ですか」

「親切だねえ君は。平日まじめに働き通して、土日はじい様の口述筆記ボランティアとおっさんの酒の相手？　もっと構ってあげないと、奥さんかわいそうなんじゃない」

酔っ払いの戯言《ざれごと》とはいえむっとした。

「大きなお世話です。仕事も余暇の使い方も、全部僕が選んでやってきてることです。西口さんにとやかく言われたくありません」

手を払いのけると大げさに弱った口調で「怒んないでよー」と肩をぶつけてきた。

「俺はちょいちょい名波くんの地雷踏んでるよねー何でだろ。バカだから？　無神経だから？　テレビとベッドがでかいから？」

「最後のは関係ありませんから」

目を離すと蛇行しようとする西口の軌道を修正しながら怒る。

「それから、馬鹿じゃないのに馬鹿って言うの、よくないです」

「おいおい、二番目はフォローしないんかよ」

「それは……」

「思ってんだ」

「もう！」

寄りかかってくる上半身を押しのける。

「早く帰って寝てください。あしたも仕事なんでしょう」

一気に西口の身体が離れ、勢い余って突き飛ばしてしまったかと思いきやさっきまでの重心のぶれはどこへやら、西口はしゃんと二本の脚で立っていた。

千鳥足のふりなんかやめてくださいよと、西口の顔を見なければ文句を言っただろう。アルコールの成分なんてどこにもしみていなかった。さえざえと冷静な瞳と事故みたいにぶつかってしまい、うまくそむけることができない。また。また知らない顔をして。まだ芽吹きには早い、裸の木ばかりの児童公園に立つ水銀灯の灯りは枯れ枝の間から、西口と碧の半面を照らす。ペンキの剝げた植え込みの柵の、まだらに錆びた鎖の模様までこうこうと浮かび上がっている。

「……西口さん？」

大通りから一本入ると、途端に車の音も膜を隔てたようにくぐもり、何かはっきりした音がないと不安な気がした。夜道を怖がる年でもないのに。

いつもの西口の声が聞きたいと思った。その望みを聞き入れたみたいに西口はゆっくり口を開く。

「ベッドを、さ」

面食らいながらも「はい」と答える。

「買ったんだよ、離婚が成立して、ふたりで住んでたマンション引き払った後。今の部屋に、とりあえずあのベッド運んでもらった。エレベーター案外狭くてかなり苦労したけど」

「……どうしてですか？」

妻と別れて即、新居にでかいベッド。要素はかなりいただけない印象だが、西口の顔にはやるせないかげりが落ちている。

「離婚の手続きしてる時が、今までの人生で最高に勤勉だったと思う。とにかく目先のことだけ考えて、次々に処理してく感じで段取り考える余裕もなくて、わんこそば食うみたいにはい次、はい次って片づけてって……あっちのが、名義変更とか色々大変だったとは思うんだけど、とにかくなりふり構わずに、これが全部終わったらゆっくり眠れるってことしか考えないようにした。それで家具屋行って、いちばん高くて広いベッドくれつって。……結婚してる時、別々でシングルひとつずつだったのに笑うよな」

寒い夜だった。こうして立ち止まっているだけでむずむずもどかしいほどつま先が痛んで、そんな話、どうしてせめて店にいる時にしてくれないのかと釈然としない気持ちはあるのだけれど、たぶん西口にとっては今のタイミングでしか切り出せないことだったのだろう。碧が「寝てください」と言ったから。

「離婚、して、引っ越して、段ボールとベッドだけの部屋で、ひとりに戻って。大の字に寝っ転がっても全然余裕で。おかしくてしばらくひとりで笑った。それもすんだら、やっとほっとした。ああやっと終わったって。そん時は悲しくも寂しくもなかった。でも今頃になって『あれ？』って思う時がある。何で俺、こんなアホみたいにでかいベッドで、独りで寝てんの？　って。寝起きとか特に。すぐ現実が追いついてきて、十年分を一気に思い出して納得するんだけど、その一瞬がいやだ。電車とホームの隙間に、自分の身体がすぽっとはまり込んじゃったような気分になんだよ」

碧は、たぶんその隙間から覗き見た。寂しい西口を。

西口は肩をそびやかして「さむ」とひとりごち「ごめん」と笑った。

「中年の酔っ払いってうっとおしさの二重奏だよな」

碧が知っている「いつも」の西口。でもその声を今は、書き留めたいとは思わない。

「あっち抜けたら、すぐ駅だから」

マンションとは反対の方角を指す西口に「家まで送ります」と言った。

「何で」

いいよ別に、とか気にしないで、じゃなくてどこか、責めるような、響きのきつい問いかけだった。さっきの言葉を西口がもう、後悔し始めているのを知った。記録に残すまでもなく、一度口にすれば取り返せないと分かっていて、どうして誰もが、間違えてしまうのだろう。

速記の仕事をするようになって時々思う。忘れるか忘れないかは問題じゃない。発せられた言葉は残る、と。目に見えなくても、触《さわ》れるかたちでなくても、言葉は在り続け、人に関わり続ける。言葉は、命だ。自分たちはその断片を採集し、分かりやすい形式に分類整理し、誰もが触れられるように保存し続ける。新聞記者は、出来事を言葉に印画している。

「名波くん」

何で、に答えないでいると、西口は優しく声をかけた。

「帰んな、もう。寒いのに立ち話につき合わせてごめんな。風邪引かないようにな」

「送ります」

碧はそれでも言い張った。

「心配ですから」

「……大丈夫だって」

また、頭の上に手のひらが置かれた。今度はとてもやわらかに、綿の弾力でも確かめるみたいにそうっと。

「前言撤回」

「何ですか」

「名波くんの嫁がかわいそうって言ったじゃん、さっき。あれ、うそね。……名波くんと結婚できる女は幸せだ」

うそはこっちです、と言いたかった。それでもやっぱり、言えなかった。ふっとたがを弛《ゆる》めておいて、北風にも太陽にもなって人を遠ざけようとする西口のずるさを、それでも嫌い

じゃなかった。

あしたからお気をつけて、とその場で別れ、帰ってからキッチンに立った。冷凍していた骨付きの鶏肉と、くず野菜を寸胴鍋でひたすら煮込んだ。冷える夜は、くつくつ煮える鍋を見守っていたくなる。あくをすくう傍ら、西口から借りた本を読んだ。

ずいぶん褪《あ》せて分かりにくくなってはいたが、ところどころ、傍線が引いてあった。ごくごくうすいグレーで淡い網点をかけたようなそれは、よく見ると微妙に色合いの異なる二色のペンで書かれたらしい。筆圧の残らない、たぶん蛍光マーカーか何か。西口が新品で買っていたのなら本人が残したものということになる。それ自体は別に構わないのだけれど、相手の顔を知っていると、日記とか手帳とか、そういうかなりコアな思考や好みを盗み見ているような気がしてちょっと後ろめたかった。西口はしるしを残したことすら忘れているのか、碧に見られても構わないと思ったのか。

悪いな、と思いながらでも物語自体はとても面白かったので引き込まれながら読んでいるうちに、二種類の線について、ひょっとすると別々の人間が引いたものでは、という疑問が湧《わ》き上がってくる。やや濃い目の線はフリーハンド、薄い方はきっちり定規をあてたように歪《ゆが》みのない直線だった。線を引く場所の傾向みたいなのも明確に違う。前者は地の文の、理屈っぽくてすこしひねくれた主人公の独白の部分に多く見られたが、後者は、どちらかというと台詞、人と人との関わり合い。

何となくこれは西口と、別れた妻がふたりで読んだ本じゃないのかと思えてきた。交換日記みたいに、好きな箇所に線を引いて渡す。渡された方はそれを読み、また自分のお気に入りに線を引いて返す……。

同じ本を回し読む、じゃれ合いみたいな交歓。お互いのチェックしたところに頷いたり、時には小首を傾《かし》げたりしたかもしれない。離婚後に買ったものだと聞かされていながら、想像せずにはいられなかった。あの、大きなベッドに西口が妻とうつ伏せに寝そべっている。膝から下をゆらゆら遊ばせ、ペンを片手に顔を寄せ合い、一冊の文庫本を覗き込んでいる。

時々互いの頭が軽くぶつかる。顔を見合わせ、笑う。

彼女の姿かたちを思い描くよすがもないのに、その光景はとてもリアルに迫ってきた。ひとりで大の字になる西口より、会社で、人前で泣く西口より。かつて本当に存在した、幸福な日々のフィルムが碧の中にセットされてしまったようだった。ページをめくってもめくっても、どこかしらに彼らの足跡が残っている。

あの人は、とても妻を好きだった。たぶん、妻も。でも今は別れてしまった。三年やそこら、と佐伯が言っていたが、一体何があったんだろう。碧には知る由《よし》もないけれど、別離が今も、西口の胸を痛ませているのは確かだった。人を特別に好きになるって、結婚するって、それほどの相手と別れてしまうって、どんな気持ちだろう。忘れられないのがつらいのか、つらくても忘れたくないのか、どちらだろう。

とろ火に抱かれた鶏と野菜は静かに煮え、こもこもとした湯気を立てている。その、誰のためでもない、自分ひとりの生活を支えるこしらえが、ふっと空《むな》しくなった。どうしてだろう、こんなにもいい匂いなのに。面倒でも飽きたのでもなく、ああ、と言葉にならない声が洩れる感じ。疲れ、ともすこし違う。温かな家の中で、碧は何にも不自由していないのに。それは、西口がひとりのシーツで感じる気持ちと似ているだろうか。

翌朝、目覚ましをかけたわけでもないのに五時前に起きてしまった。馬鹿みたいだ。素面《しらふ》じゃなかった西口の起床時刻を気にするなんて。かけようか、メールをしようか、一度だけ非通知で鳴らしてみようか……あれこれ考えてはみたもののどれも実行には移さず、携帯を極力見ないようにして途中だった本を読み終え、あじの干物とコールスロー、それになめこの炊き込みごはんとゆうべ仕込んだスープで朝食をすませた。土日の食事は冷蔵庫の整理も兼ねているのでどうしても食べ合わせは二の次になる。掃除をしようか洗濯をしようかそれとも二度寝してしまおうか、とこれからの予定を立てているとメールが届いた。

『無事乗れました。昨夜は大変ご迷惑をおかけしました』

どこだかは分からないが、新幹線の車窓から撮ったとおぼしき景色の写真が添付されている。よかった、と全然関係ないのにほっとした。西口はモーニングコールの会話を覚えていたのだ。碧がどうしようかと迷ったのもひょっとしたら分かっているのかもしれない。そう思うとすこし、嬉しいような悔しいような、複雑な心境だった。

『おはようございます。間に合ったそうでよかったです。貸して頂いた本、読みました。面白かったです。仕事、頑張ってください』

読み返すと小学生の作文みたいな稚拙《ちせつ》さだったが、あんまりだらだら打ったって迷惑かもしれないから結局そのまま送信した。

それに対する返信はなかったが、何となく一日、そわそわしてしまった。もう一度何か、コンタクトがあったら楽しいのに、と思った。メールなんて、今まで、突発的な業務連絡か、田舎の祖母がひらがなだらけの近況を送ってくる程度で、機能自体を不要だとすら思っていたのに。新着を確かめて、きてない、と浅く落胆することさえ碧にとっては初めてで、新鮮だった。

翌日の夕方、帰り際にすみれとばったり会った。

「あ、お疲れ様です」

　朝いちばんみたいな活気のある声につられて「足の具合はいかがですか」と珍しく世間話を自分から振った。

「おかげ様ですぐ治りました。あの湿布すっごい効きますね。どこのメーカーか教えてもらってもいいですか？」

「正確に覚えてないんですが……今ちょっと、確かめてきます」

「あ、いいですいいです、ついでの時で。今帰りですか？」

「はい――すみれさんは」

　おそるおそる名前で呼んでみたが、すみれは気を悪くするふうもなく「ごはん食べに出るとこです」と答えた。

「記者会館の方、行こうと思って。すぐそこですけど気分転換に」

　いつもは裏口から出るのだが、すみれが「散歩つき合ってもらってもいいですか？」と言うので、衆議院分館前の道から正門側の前庭に向かった。中央塔の左右に衆参両院の建物が対称にそびえる、撮影スポットだ。

「こうして見上げると、毎日来てるとこなのに、おーって思いますよね」

　議事堂を仰いで器用に後ろ向きで歩きながらすみれが言った。

「そうですね」

散歩といっても前庭から正門にかけてささやかに伸びた遊歩道を歩くだけのことだった。全国から贈られた「都道府県の木」が一本ずつ植樹されている。

「あの……こういうとこ、一緒に歩いてるのってまずいですか？」

「え？」

「何も考えずに誘っちゃったんですけど、職場の人に見つかったら怒られたりするのかなって……ごめんなさい。私、前も記録部まで押しかけちゃって、後で西口さんに相手の立場考えろって叱られました」

「ああ……いえ、気にしないでください。すみれさんの方こそ、ご迷惑じゃないんですか」

「何がですか？」

「万が一にもうわさになったりしたら」

「やだ、そんなわけないですよ。私なんて女に見られてないですから」

すみれは大きな目を一瞬見開いてから笑う。その仕草だけで、十分にかわいいし魅力的だと思うのだけれど。

「それなら僕の方こそでしょう」

「どうしてですか」

「こんな冴《さ》えない男が女の人と歩いていたところで、憶測のされようがありません」

「えー」

すみれの目がますます広がって見える。

「冴えないとか、何で？　名波さんて美形じゃないですか」

「まさか……」

社交辞令にしたって逆にいやみじゃないだろうかと思ったが、すみれの顔つきは真剣だった。

「何言ってんですかやだなー。派手さはないけどすごく整ってますよ。仕事柄、地味にするくせがついてるから分かんないんじゃないですか？」

「いえ、地味なのは生まれつきで」

やまもみじの枝――広島県の木――を指先で弾きながらすみれは言った。

「うまそうな弁当の人がいるって、西口さんが言ってて」

「え？」

「食堂で近くになるんだ、いつもすげえ手の込んだ弁当食ってんのって、よく話してました。きょうはあんなの入ってた、こんなの入ってた、いいなあって――こういうこと言われたら、気持ち悪いですか？」

「いえ」

恥ずかしいのと、また架空の妻の話をされたらどうしようとひやひやするだけだ。

「私、気をつけて見ないから、分かんなかったんですけど。西口さんが言ってたのは、姿勢とか食べ方がすごくきれいで何か超然としてるって。若いのにものすごく落ち着いて見えて、弁当くんの周りだけ時間の流れ方が違うみたい、それと、すごく風情のある一重《ひとえ》まぶたっていう話」

「それ、僕の話じゃないですね」

褒められている、のかどうかは分からないが、他人から見た自分像を聞かされて顔の赤らむ思いだった。辺りが暗くて幸いだ。

「ううん、私も、それ聞いてから名波さん見た時、なるほどーって思いましたよ。いいなあ、一重まぶた」

「まさか」

描いたみたいにきれいな二重まぶたをぱちぱちさせながら言われても。女の子同士は本心じゃなくても互いを絶賛し合うものらしいから、その手の礼儀に則《のっと》って言ってくれているのだろうか。そんな気遣い、ちっとも嬉しくないわけだが。

「だって私、一重の方が好きなんですよ。何でみんな、あんなに二重二重って言うのかなあ」

「でも、西口さん二重ですよね」

あんまりあけすけに言われたせいだろうか、碧もつい余計な詮索《せんさく》を口にしてしまう。

「えっ」

ゆっくり歩いていたすみれが足を止め、碧を見上げてみるみる頬を染める。木立《こだち》の間の街灯の、頼りない光源でもすぐ分かった。

「何で知ってるんですか？」

「見ていたら、何となく……いえ、凝視しているというわけではないんですが、職業上、ある程度観察眼は鍛えられているというか——」

「何にも興味ないような顔して、ずるいです」

何がずるいのかはよく分からなかったが、碧は「すみません」と謝った。

「私、そんなに分かりやすいでしょうか。他の人と態度変えてるつもりはないんですけど」

「そんなことはないです。僕も、確証があっての発言じゃなかったので……ぶしつけでした、すみません」

「いいんです」

短いえりあしに手をさまよわせて「どうせ本人は知ってますし」とすみれは言った。諦めと悲しみの入り混じった口調だった。そうか。彼女はもう、分かっているのか。

「全然、脈ないのも知ってます」

面倒くさい、と言い切った西口の声。すみれが聞いていたわけでもないのに、思い出すと碧の胸は痛んだ。

「男って、追えば逃げる生き物って本当ですね」

追った経験も追われた経験もない男としては何ともコメントしかねた。

「……そうでしょうか」

「優しくされたって思うと、すかさず距離取られるんですよ。湿布だってそう。私が喜んだらすぐに『名波くんがくれたんだから感謝しろよ』って釘刺されちゃう。勘違いもさせてくれない。同極の磁石がすいって離れてくみたいに、縮まらない」

「そこまで分かっているなら、いっそはっきり言葉にしてみようとは思わないんですか？」

「そうですねー」

とそこで急に他人事みたいなトーンになる。

「好きなんだよちくしょう、ってぶちまけてやりたいと思う時はあります。でも実行に移したらもう、軽べつされちゃうような気がして」

「軽べつ？」

「俺がこんだけ恋愛感情ないオーラ出してんだろ！　分かれよ！　みたいな……西口さんてそういう、厳しいところがあると思う。ほんとに業務連絡ぐらいしか口きいてくれなくなったらどうしようって、そう思ったらやっぱりつらいんです。一緒にいたってつらいのに。当たって砕けないと次に進めないと思う反面、自分からわざわざ傷深くしてどうするんだって。仕事の仲間からそういうふうに想われてたら、私だってうざくて、きっぱり断って悪者になりたくないから、せめて黙って大人しくしててほしいと思うだろうし……何かもう、よく分かんない」

葛藤《かっとう》の中であがいているすみれは、かわいそうでいじらしかった。自分が西口なら「つめたくしたら悪い気がするから」というだけでつき合ってしまいそうだ。でも西口は、それをよしとしないのだろう。

北海道のえぞあかまつで遊歩道は終わり、衛視の立つ正門脇《わき》に出てしまう。「すみれさん」と声をかけた。

「はい？」

「あの……西口さんのどこを好きになったのか、訊いてもいいですか」

「えー」

照れ笑いをする、望みも行き場もない恋を、それでも胸の中であたためている。どんなに心が軋《きし》んでも手離せない、とその顔に書いてある。碧の書き留める言葉では表せない、音もなく閃《ひらめ》いた花火みたいに美しく鮮やかな、一瞬の感情の発露。恋ってこういうことか、と碧は素直に思った。かつては西口も、そんな表情を誰かに見せていたのかもしれない。

「どこだろ……んー、顔はかっこいいけど、別に好みってわけじゃないし、四十過ぎてるし、ずるいし、平気で下ネタ言うし、バドガールのいるビアガーデン行ってたの知ってるし、もっとエッチなお店も行ってるし、私が私の友達ならやめなよって言いますね」

唇を尖《とが》らせて列挙してから碧に背を向け、おまけみたいにつけ足した。

「……前の奥さんのこと、忘れてないし」

家に着いて、何となく食事を作る気になれず弁当箱だけ洗うとまた「ムーン・パレス」を開いた。いくつもの消えかけたラインに目を通す。一度目はただただしんねりした気分になったのに、きょうは何だか腹が立った。こんなの、確かめもせず軽々しく人に貸すなと思う。覚えていて、読むぶんには差し支えないだろうとよこしたのならもっと腹立たしい。

碧にしては乱暴な手つきでそれを閉じ、机の上に置くと、携帯が鳴った。メールじゃなくて着信。液晶画面を見て、話すのが気まずい、ととっさに思ったが、碧は別にすみれとも元妻とも関係ないのだった。


「もしもし」

『あ、西口です』

「お疲れ様です」

『きのう電話しようと思ったんだけど時間なくって。おとといは、醜態をお見せしました』

「いえ……」

背後からざわざわと人の話し声が聞こえる。

「まだお仕事ですか？」

『んー、まあ仕事とも遊びともつかない感じの』

「今、どちらですか」

『きのう仙台できょうは北海道。お土産《みやげ》何がいい？』

「忙しいのに、いいです、そんなの」

『いやいや移動のついでだから。名波くんはきょう、忙しかった？』

「予算委がすこし長丁場になりましたが忙しいというほどのことは……すみれさんと、帰り一緒になりました」

『あ、そうなんだ。あいつ、きょうもまつげおかしかった？』

「はい？」

『いや、マスカラ変えたのか知らんけど、先週あたりから濃すぎたからさ。ノーマルヒルのジャンプ台みたいになってんぞって言ったといたんだけど、あれだよね、レギンスといいネイルといい、女のおしゃれとか身だしなみって、こっちのまったく望んでない方向に走ってる時があるよね』

単なる雑談、それ以上の含みなんかないのはよく分かっている。

しかしその発言を、碧は受け流せなかった。

「それって、西口さんがお年だからじゃないでしょうか」

対面だとさすがにためらう台詞を言えてしまうから、電話はおそろしい。え、と虚《きょ》を衝かれて黙り込む西口の後ろだけが、回線の空気と不釣り合いに楽しげだ。

『……いや、まあ、そうかもしれんけど、ていうかそうだけど、はっきり言うなよ』

「言われていやなら、自分だって言わなければいいんです」

『何の話？』

「女の人の化粧を馬鹿にするなんて失礼でしょう」

『馬鹿にって……』

珍しく西口が言葉に詰まる。碧はその時、なぜか気持ちがよかった。溜飲《りゅういん》が下がる、というのか。まったくの部外者なのに。

『いや、待ってよ。言葉面だけ取りゃあ失礼かもしんないけど、こんなの日常茶飯事だよ？こんぐらいのことみんな言うし、すみれだって俺たちに好きなこと言って、げらげら笑っておしまい』

「そうですね、僕には分からないですけど。その、四六時中無礼講な空気」

『そんなんじゃないけど……え、何？　何か怒ってんの？　まじで全然分からん』

「女の人の容姿を笑いのタネにするのはとてもよくないと思うからです」

『容姿じゃねえって』

西口も呆れたのかいら立ったのか、平素と違う、投げやりな語尾の上がり方をしていた。どきりとする。すみれとの会話を知らないから、そりゃあ西口にしてみればいきなり妙な難くせをつけられたとしか思えないだろう。気のいい男ではあるが人がいいとか気が長いとか、は、たぶんそれほど当てはまらない。碧がとやかく口を挟む問題でもないのに、自分のちいさい心臓にストレスだ。

分かっていても引き下がれなかった。反省してほしいというより、「言い負かした」気持ちになりたいという不可解な憤りだった。こんなの、すみれのためでも何でもない。

『あいつのまつげが間違ってるって話じゃん』

「間違ってるっていう感想自体がおかしいです」

『何でそんな、すみれの肩持つの？　おかしくない？』

「……西口さんが、彼女に優しくないと思うからです」

その後、西口が切ってきた沈黙のカードは今までと違う空気を孕《はら》んでいた。速記の場で三点リーダーを記述する必要はないが、思えばこれも雄弁な言葉だ。顔を合わせていないのに伝わってくるのだから。

すみれの気持ちと、すみれの気持ちを知っていて無視している西口、を碧が知っていることを今、気づかれたと思った。空きっ腹にアルコールを入れた時みたいに、身体の中で空虚な熱がけむっている。いさかい、というのはこんなに緊張するものか。演壇に立って論戦を繰り広げる政治家の神経はどうなっているのだろう。

『優しくしろって？　あいつに？　何で？』

西口の「何で」は怖い。答えが返ったらすかさず斬りかかる構えを決めた問いだから。記者にとって言葉は武器でもある。そして答えなければ答えなかったで、次の刃は用意されている。

『やりもしない女、ちやほやしたってしょうがないだろ』

こんなふうに。心にもなくても、碧には到底口にできない台詞だ。

遠くから「おーい、西口」と聞こえた。西口が「はーい」とそっちに向けて言う。一瞬でチャンネルを切り換えた、明るい口調。そして「失礼」とおざなりなあいさつで電話を切られた。手の中で半端にぬくもった携帯をベッドに放り投げ、手のひら同士をこすり合わせた。マッチの燃えかすみたいな黒い粉が出てきそうだ。

怒らせてしまった。

変なことをしてしまった、という「やっちゃった感」はあるが、言うんじゃなかった、とは思わない。借りた小説の主人公は、あれよあれよと、それまでの人生の本筋みたいなところから逸《そ》れていった。読みながらおいおいと何度も気を揉《も》んだけれど、自分でささやかにやらかしてしまって、分かる。何となくそうせずにいられない時というのはある。物語の中でそれは青春のもどかしさとして描かれていたと思うのだけど、今の碧は何だろうか。青い春を自称するには少々年を取りすぎている。若気の至りと無縁に学校を出て、働いて、二十六歳の今。

ベッドに横たわる。着替えも風呂もまだなのにシーツに転がって。それだけで後ろぐらいほど碧の人生は平穏だ。やりもしない女、と試しにつぶやいてみる。鳥が意味も知らず繰り返すまねごとめいて、自分が言うと何の重みもない。西口さんが言うとさまになっててよかったな、と思い返した。

軽べつの念が起こらないのは、本気じゃないとすぐ分かったから。西口がひどい言葉を使えば使うほど、すみれを大切に思っていることが。応《こた》えてやれないのが心苦しい、脈もないのに想い続ける女の真剣が煩わしい、できればつめたくなんてしたくない……。

会議録なら、文面はそのまま「本心」として扱われる。本当はそんなこと思ってなかったんです、は通用しない。でも現実の言葉は違う。ねじれて裏返る。ちぎれた断片にこそ重要な意味がひそんでいたりする。本来の碧は、その複雑怪奇さが好きじゃなくて、ひとり、黙って暮らす安寧をよしとしていたはずだけれど。

ふしぎだ。

あなたと出会ってから、僕はすこし変わったような気がする。透明だったはずの僕を見ていてくれたと知った時から。そのことを誰かに打ち明けてみたかった。どうしても、今。でも誰もいなくて諦めた。大磯の松田に会いたかった。

衆議院分館の裏にある郵便局で現金書留の宛名を書いていると後ろから「よお」と声をかけられた。振り返るまでに若干の勇気を要した。

「……お疲れ様です」

「久しぶり」

西口の方でもちょっと気まずいすねたような顔で、見た途端すっと身構えが抜けて嬉しくなった。何でもないふりをしなかったのと、それでも話しかけてくれたことが。

「何やってんの？」

「祖母の誕生日が近いので、何か好きなものを買ってもらおうと思って」

手紙と数枚の万札を入れた書留封筒を窓口に出す。

「お小遣いか。若いのに偉いね」

「僕にとっては親代わりなので」

西口が、すこし表情をくもらせた。何かしらもの悲しい生い立ちを想像されていそうだったので、慌てて「両親は健在です」と説明する。

「ただ、仕事で海外に行くことが多かったので、祖父母に育ててもらいました」

「ああ、それで何か、落ち着きがあるのかな」

「どうでしょう……西口さんは、何か用事ですか」

「公共料金」

受領証をひらひらさせてみせる。五、六枚はあった。

「つい忘れて溜《た》めちゃうんだよな。何度か止められそうになった」

「引き落としにした方がいいんじゃないですか」

「明細見ないから、いくらかかったのかを全然気にしなくなるんだよ。いかんなと思って」

郵便局を出て歩きながら西口が言った。

「議事堂建てた時にさ、三つだけ、国産で用意できなかったものがあるって知ってる？」

「はい」と碧は答える。

「本会議場の天井のステンドグラスと、ドアノブと、壁に造りつけの郵便ポスト」

「郵便差入口」と右から左に表記されたレトロなポストが、議事堂の三階から一階までを貫く構造で設置されている。その集荷のシステムが昭和初期の日本にはなかったので、アメリカから輸入せざるを得なかったらしい。

「あのポスト使ったことある？　何か不安じゃない？　まあ手紙書くような用事もないけど」

「ありますよ。祖父母や大磯のご老人にはがきを送るので、僕は結構重宝してます」

「ほんとに孝行な孫だなあ」

「短い近況報告だけなので。でも、あそこに投函しても消印は『丸の内』なんですよね。『国会議事堂』と押してもらいたかったら、さっきの郵便局に行かなきゃ駄目なんです。就職して、最初のはがきは議事堂のスタンプで送りたかったので、ちょっとがっかりしました」

「ああ、お年寄りってそういうの喜びそうだよね。うちの孫は立派なとこで働いてるって」

「田舎の人間なもので」

「いや、大事だと思う。立派なとこだよ、国会は。平民でございってへりくだる必要はないけど、敬う気持ちはあって然るべきだ」

それから急に照れたように「俺が言っても説得力ないけど」と茶化した。

「そんなことありません」

「いやいや……どうしたって斜めに見ちゃうし。中に首突っ込んでりゃあいやでもいろんな事情は見えてくるし、それを書かないってわけにもいかないし……」

声がフェードアウトして、西口の横顔が静かに物思いの中に沈んでいくのが分かった。碧の存在を失念したらしく、歩調がどんどん早くなる。邪魔にならないよう、碧は敢《あ》えて急がなかった。二メートルほどの差がついたあたりで、西口は我に返ったのか立ち止まり、左右を見て、それから振り向いて「ごめん」と戻ってきた。

「引き返さなくてもいいですよ」

「俺、考えごとしてると早足になるくせがあって」

「はい」

再び並んで歩くと西口は「いかんなあ」とつぶやいた。

「俺は、名波くんといるとつい甘える」

「そうですか？」

特に心当たりはなかった。

「何でだろうなあ。名波くんがしっかりしてるから？」

「しっかりなんかしてませんけど」

すみれの、精いっぱいなコンパスが頭に浮かんだ。たぶんあれは、西口に追いつこうとするステップでもあった。

「……僕が、西口さんの仕事仲間じゃないからでしょう」

きっと彼女に対しては、歩調を合わせなければなんて思わないのだろう。

「ん？」

すこしけげんそうに眉根を寄せる。

「働く場所は同じで、ある程度話は通じる、でも仕事は違う、だから気楽になれるんじゃないですか」

「そうか、な……うーん、そうかもね。名波くんはやっぱ大人だなあ」

「絶対にそんなことありません」

「でもその理屈で言うなら、君も俺に甘えるべきだな」

「べきって」

堅苦しい響きに笑ってしまう。

「いやいやほんとに……いつでも甘えて。つって、奥さんいるのに間に合ってるか」

「じゃあ西口さんも、奥様がいらっしゃったら僕には甘えないですか」

「どうだろうね」

会話にはもっと、手心というものが必要なんだろう。A＝BでB＝CだったらA＝Cみたいな話の持っていき方は、時として無礼だ。そのへんの機微が未熟な碧の問いを、西口はさらりと流して「記者会館行ってくるよ」とまた、自分のペースで歩き始めた。


午後から予算委が紛糾したせいで結構な残業になった。金曜日だから、という気のゆるみも手伝ったのか事務局を出たのは午前一時近かった。長時間のデスクワークで全身固まっていたので、すこし歩くことにした。地下鉄の国会議事堂前駅に差しかかれば道路を挟んで向かいが記者会館だ。まだいるのかな、と何となく立ち止まると、ちょうどスーツの集団が出てくるところだった。

真ん中に、西口がいる。すぐに碧に気づいて手を振る。「名波くん」と、道路越しだから声を張り上げる。

「今帰り？」

場所柄、そこらじゅうに警官が立っている。注意を引きたくなくて黙って大きく頷いた。

「遅くまで大変だね」

いえいえ、そちらこそ。

「飲みに行こうよ」

耳を疑った。

「今からですか？」

思わず碧も大声を出すと「うん」と何でもないことのように手招きする。公務員の碧はともかく、マスコミは土日も関係なく仕事だろうに「行こうよ」と西口は繰り返した。迷うまでもないと思う。後ろにいる記者仲間たちの顔には「誰あれ」と書いてあるし、碧は酒なんか好きじゃないし、仕事終わりでくたくたに疲れている。今の自分に最良のプランは、いつもより熱めに設定した風呂にゆっくり浸かり、よく使った左手をマッサージする。お茶を淹れて飲む。床に就いてぐっすり眠る。以上。とても魅力的。

なのに、どうしてだろう、碧は「行きます」とはっきり答えた。西口が嬉しそうに笑ったので、後悔はしなかった。

新聞記者って、とにかく体力なんだな。タクシーに相乗りして向かった居酒屋で碧《へき》はそれを実感していた。

「あの、役員会のいざこざネタ、あそこまで面白おかしく書く必要あったんすかね？　分かりやすく、興味持ってもらえるようにって、そういうの、紙一重で読者を馬鹿《ばか》にしてんじゃないのかって思う時あるんですよ」

「軽減税率の話、もうちょい力入れて紹介してもいいんじゃないでしょうか」

「衆参ってねじれの方が健全なぐらいだと思わないか？」

「うちの組織、何であんなに融通利《き》かないんすかね！」

「M建設の裏金の行き先が――」

しゃべるしゃべる。頭上を飛び越えて鉄道ダイヤのごとく密に交わされるクロストークにただただ圧倒されて黙っていた。自己紹介を求められるよりよっぽど気楽だけど。立法府の中でＡＶの話なんかしてたかと思えば、酒の場で政治と仕事談義。

そしてよく飲み、よく食べた。生まれもっての予算というか、人間としてのエネルギー値が碧とは二桁《けた》ぐらい違うような気がしてならない。もちろん合間に、どこの社の誰それが態度悪くてむかつく、とか、あの先生が銀座で囲ってる女が、とか、俗な話題でも沸いているのだけれど、それでも碧の目に彼らは、まじめな、信念を持った社会人として映った。団子になって国会内をうろつき、フラッシュの音と光で騒がせる集団としてのマスコミを個々に眺めてみれば、印象はがらりと変わる。

西口《にしぐち》もあまり発言せず、「どうなんすか」と訊《き》かれた時だけ「んーそうだなー」と、誰の意見も否定しない見解をやんわり述べるのだった。年長者だからかもしれない。こうやって若い記者のガス抜きをしているのかと思った。

「あのー、国会の速記ってほんとにリアルタイムで正確に書き取ってんすか？」

新しいビールとともに質問が差し出された。

「はい」

「すいません、ちょっとだけ、ちょっとだけ試してみてもいいですか？」

「やめろ、馬鹿」

西口が顔をしかめてたしなめた。

「それで食ってるプロを、見世物にするんじゃない」

「いえ、そんな大層なものじゃないですよ。……どうぞ、何か適当にしゃべってください」

かばんからいつものシャープペンシルを取り出し、ペーパーナプキンに向かった。

「まじすか？　じゃあ……」

誰のものか分からない夕刊を取り上げる。

「きょう午前九時半ごろ、渋谷区のマンションで『男性が血を流して倒れている』との一一〇番通報があった。警察が駆け付けるとこのマンションの七〇三号室に住む男性が七階の廊下で頭から血を流して倒れており……」

気を遣ってか、ふつうの話し口調よりかなりゆっくりだったので左手は暇なほどだった。流れるような速記記号をみんなしげしげと覗き込んでは「全然分からん」と首をひねる。

「もうよろしいですか？　じゃあ答え合わせですね。きょう午前九時半ごろ、渋谷区のマンションで……」

すべて読み上げると、「すげえ、全部合ってる」と手品でも見せられたように驚いた。新聞記者が新聞記事を書くのと同じ、碧にとっては当たり前のことであんまり褒められても困惑してしまう。宴会芸の用途があるとは知らなかった。

「これ、何がどの文字を指してるんすか？」

「これが『きょう』で……」

「ふんふん」

「要はさ、後からちゃんとした活字にフィードバックできる省略の仕方だったら何でもいいんだよな。だったら俺も日々やってるよ」

「お前のは単に字が汚いだけだろ！」

「ひでえよな、取材メモ」

「まあ確かに、自分で書いた字読めないよな」

「数字がやばい、数字。1と7とか」

にぎやかな輪からそっと離れてカウンター席に移動した。携帯を取り出して時間を確かめると午前二時半。疲れたわけじゃないが、こんな集団の中に放り込まれたのが初めてで、ちょっと息切れしてしまった。ウーロン茶で舌を湿らせていると、「隣、いいですか？」と声をかけられた。

「すみれさん」

「お疲れ様です」

ビールの中ジョッキは、彼女が持っているとひと回り大きく見える。

「どうぞ」

「ありがとうございます」

半分ほど残っているジョッキを置いてバーチェアに腰掛けるとやおら「名波《ななみ》さんの速記してる姿ってかっこいいですね」と口にするものだから、むせてせきこんだ。

「何を言ってるんですか」

「ほんとですよ。記者席からだと遠いし、よく見えなくて分かんなかったけど……『いざ！』って感じ。あの、書道家みたいな気迫がありました」

書道からもっとも程遠い作業だと思う。

「ただ字を書いてるだけですよ。それならすみれさんの同僚の人たちの方がよほどかっこいいんじゃないでしょうか」

「えー？」

テーブルの盛り上がりをちらりと振り返って「全然」とため息をつく。

「うるさいし、酔っ払ったらパンツ脱ぐのばっかりだし」

「……西口さんもですか？」

「もう卒業したって言ってました。バカでしょ」

「皆さん元気だなとは思います」

「たぶんこの後、もう一軒引っ張られますよ。断る時はきっぱり言ってやってくださいね。名波さん優しいから心配だなー」

「すみれさんは行かないんですか」

「私が行くようなところじゃないんです」

ちょっと意味深に声をひそめられて意味するところは理解した。それは全力で辞退しなければ。

「私も、キャバクラぐらいなら行きたいんですけど」

ジョッキのふちを指でなぞる。短く切りそろえられて、華やかに彩るではないが、うっすらとベージュのマニキュアが塗られた爪《つめ》。

「お店の女の子がいやかもしれないから」

「むしろ気楽で嬉《うれ》しいかもしれませんよ」

「うーん……正確には、男集団と一緒にキャバに行く私を、『男と対等につき合えるざっくばらんな私』、っていうふうに勘違いした痛い女、って思われるのがいやなんです」

内容の咀《そ》しゃくに少々を要した。国会の答弁よりよっぽど難しい。

「女の人って皆さんそんな大変なことを考えてるんですか」

「自意識過剰かも」

すみれの指は、ジョッキの上を何周もしている。ぐるぐるぐるぐる。

「……初めて配属されたのは、長野支局」

動きを止めないでつぶやく。

「北アルプスで遭難事故があって、現場行けるやつ、って声かけられてすぐ手を挙げたんです。そしたら、何だこいつみたいな顔された」

「どうしてですか」

「現地にはトイレなんかねえぞって。俺たちは適当に木陰ですませるけどお前はそうもいかないだろ、そう言われました。本社戻ってきて、政治部に決まった時はブスじゃなくてよかったなって笑って言われた」

「……どういう意味ですか？」

「政治家の先生も、どうせならちょっとでも見た目のいい記者に追いかけられたいだろっていう——あの、これ、自分の容姿自慢じゃないですよ。あくまでうちの会社の通説。女の記者は地方に行くほどレベルが下がるって。たとえば事件記者なら、同じ能力で美人とそうでないのがいたら、美人が警視庁担当で、後者は田舎《いなか》の警察」

「時代遅れというか……あまりに失礼じゃないですか？」

西口や、そこで朗らかに笑っている男たちがそんな台詞《せりふ》を吐くとは、とても思えない。でも西口は、女の部下はいらない、とは言った。確かに。

「私も入ってからびっくりしました。でも男社会ってこういうことですよね」

「僕には、何とも」

「私も男に生まれたかった」

棒読みの口調で言ってからそのおかしさに自分で耐えきれないように笑った。

「——って、最上級に痛い女っぽいですけど……そしたら、あの人と恋人になりたいなんて思わなかったし、お疲れ様ですって途中で別れずに、エッチなお店にだって一緒に行く仲間にはなれた。そっちの方が楽しかったかもしれない。恋愛対象に見てもらえないなら、せめて」

女の指の、スタートもゴールもない円周の動きが、痛々しくあわれだった。

「何でこんなに中途半端なんだろう……私が悪いのかな？　全部？」

「すみれさん」

碧のコメントを拒むようにすみれは「お手洗い行ってきます」と椅子《いす》から降りた。うまい言葉なんて思いつきやしなかったが。地味なパンツスーツで、遅れないように大股《おおまた》に歩き、転ばされても泣き言ひとつ言わない。それでも男と伍《ご》して働くには色々な意味で程遠い。仕事を好きであればあるほどそれは、つらいだろう。西口たちには吐露できないつらさだろう。

「ごめんなさい」

戻ってきたすみれは恥ずかしそうにほほ笑んだ。

「変な話しちゃって……何でだろ？　名波さんて黙っててもすごく『聞いてくれてる』感じがして、安心する」

「人の話を聞くのが仕事ですから」

「そうなのかなー」

手短に化粧を直してきたのか、目の周りがさっきよりぱっと輝いていた。つやつやと上を向くまつげをじっと見る。西口はからかったらしいけれど。

碧の視線に、すみれは戸惑って前髪をいじった。

「え、何かついてます？　さっき鏡見たんですけど」

「……いいえ」

女の人に、こんなことを言うのは初めてだが、どうしても言いたかった。

不器用でひたむきで、それからまじめすぎる彼女に。

「すみれさんは、目が美しいです。以前に僕の一重を褒めてくれましたが、あなたの目の方がよっぽどきれいだ」

きっと「何言ってんですかー」と笑っておしまいだと思った。「でもありがとうございます」と照れて。

けれどすみれは、きれいな、大きな目からぽろりと涙をこぼした。

「すみません」

血の気が引く思いで即座に謝った。お世辞でも口説き文句でもなく、ただ強く思って口に出さずにいられないだけだったのだが慣れないまねはするもんじゃない。

「ううん」

かぶりを振って目をこする。すこしも汚れていないのでマスカラってすごいんだなと思った。

「ごめんなさい、嬉しくて……そんなこと言ってもらったの初めてで……あはは、やだな、もてなすぎて嬉し泣きとか」

「すみれさん」

すみれは五千円札を取り出して碧に差し出した。

「私、先に帰ります。ちょっと酔ったみたいだから、これ以上恥かかないうちに。これ、払っておいて頂けますか」

「送ります」

「大丈夫です、タクシー拾いますから」

「じゃあ、タクシーのところまで」

「いえ、ほんとにいいんです」

すみれはきっぱり断ると、まっすぐに碧を見上げた。

「ありがとうございました。……さっきの話、みんなには内緒にしといてください」

すみれが店を出て、入れ替わるように西口が隣に来る。

「すみれ、いなかった？」

「先ほど帰られました」

「ふーん……」

迷った。ちょっとようすがへんでした、と言うべきか。でも以前すみれの件で機嫌を損ねてしまったし、口止めされてもいる。

「あ、バーボンソーダください。ジム・ビームで」

碧がちゅうちょしている間に西口は座って、注文してしまう。

「眠い？　疲れた？　ごめんな、うるさいだろ、みんな」

「活気があっていいと思います」

「ほんと？」

「うらやましいぐらいです」

と五千円札を手渡すと西口は半信半疑の顔つきだった。

「名波くんは静かにきっちり仕事したいタイプだろ。こんな動物園みたいな職場じゃなくてさ」

「ないものねだりかもしれません」

携帯を手の中でもてあそんでいると西口が「年季入ってんね」と目を留める。

「はい」

上京して養成所に入る際に買った機種なので確かに今の最新モデルと比べるとデザインも野暮《やぼ》ったく、丁寧に使ってはきたが塗装がところどころ剝《は》げている。碧がそれをポケットにしまうと「いや、単に驚いただけで」と慌て始める。

「馬鹿にしたんじゃないよ。今、若い子なんか特にみんなスマホだから、ガラケーって珍しいなって」

「怒ったわけじゃないですよ」

「ほんと？　がさつだからさ、失言してんじゃないかと思っちゃう。名波くんには、特に」

「どうしてですか」

革のコースターをカウンターの上で左右に滑らせながら「出会いが出会いだからじゃない」と曖昧《あいまい》に答えた。

ウーロン茶のグラスは空になっていた。碧は「僕も同じものを」とバーボンソーダを頼み、歯で割れそうなほど薄いグラスで運ばれてきたそれをごくごくと二、三口飲んだ。

「おいおい、そんな飲み方するもんじゃないよ」

氷と触れてつめたくなった上唇を、自分の吐いた熱い息が舐《な》めていった。

「携帯って、いつ買い替えていいのか分からなくて」

「え？」

「壊れたらさすがに新調すると思いますが、何も不便がなくて、消耗は電池パックを買い替えればいい話ですし。CMで流れてるような……写真を加工したり、ゲームを楽しんだり、音楽を聴いたりっていうことの魅力がぴんとこないんです」

「そりゃ、君が大人《おとな》なんだろう」

「どうしてですか」

つまらないから、とか無気力だから、なら納得するけれど。

「だってこんなもん、基本的にはおもちゃだからね」

俺も持ってるけど、と内ポケットからｉＰｈｏｎｅを覗《のぞ》かせて苦笑する。

「色々、仕事が捗《はかど》る機能もあるけど、これがなきゃにっちもさっちもいかない人間なんて、そうはいないよ。みんなおもちゃで遊んでるだけ」

「西口さん、それはないっすわー」

そこへ、トイレに通りかかった若い記者が声をかける。

「エロ電卓のアプリとかダウンロードしといてその言い草はないっすわー」

「お前らが入れさせたんだろ！」

「俺も欲しいって言ったじゃないすか。そういうとこだけ使いこなしてんだから……」

「もういい、あっち行け」

後輩を追い払うとカウンターに肘《ひじ》をつき、やるせなさそうに息を吐いた。

「名波くんの前でかっこつけようとすると、何でことごとくスベっちゃうんだろう」

「そんなことありません。……ありがとうございます」

「何が？」

「僕はただ、自分が時代遅れなだけかと思ってました」

「今時珍しいちゃんとした若者だと思うけど。それは時代遅れとは違うな」

「ちゃんとなんかしてません」

炭酸のきついバーボンソーダをまた呷《あお》る。酒っていうのは、こういう話をする時のためにあるのだ。

「初めて話した時のこと、覚えてますか？」

「うん」

「速記者なんて人件費の無駄だと、言われました」

「気にするのも馬鹿らしい発言だろ」

「そうでしょうか」

「だってさっきの速記、すごかったぜ？　さすがプロって思ったもん」

「新聞社にも昔は速記者がいたはずです。明光式《めいこう》の速記ってちゃんとあるんですよ、知ってました？」

「いや」

西口は驚いた顔でかぶりを振った。

「恥ずかしながら、ちっとも」

「今はICレコーダーがあるから、わざわざ逐時書き留める人間は不要だということでしょう。国会だってそうです。中継されてる、録画もされてる。西口さんだってそれを見て『トリテキ』してた」

「速さも精度も、君らの比じゃない」

「去年から、音声を認識するコンピュータが試験的に導入されています。それを僕たちが手直しする形で、議事録を作るんです。今年の四月以降本格的に運用されていくでしょう。人の手による記録は過去の遺物になりつつあります」

偏見なく予断なく、議場でのやりとりを、機械のようにただ正確に。

ならば、機械がすればいいのだ。

「衆議院の速記者養成所はもう廃止されました。参議院はもっと前に。僕は、最後の卒業生です」

「……そうなのか」

「はい。だから、同期がいなくて寂《さび》しいなと西口さんに言われた時、むきになってしまいました。最初から、滅びていく仕事だって分かってたのに。携帯と同じ、ガラパゴスです。閉じた世界で、新しい流れに必要とされない」

「そんなことないだろ」

「機械化の波に呑《の》まれて消える職業なんてきっと、たくさんあるんでしょう。自分たちだけ特別ではいられない。僕は恵まれていると思います。公務員だから、速記の業務を失っても記録部としての仕事はほかにもあります。でも……」

寂しくて、という一言は案外あっさりと口から出た。仕事は仕事、時代の流れは時代の流れ。あるがままを受け容れてただ淡々と、一日一日を静かに積み重ねていく生活を愛していたはずなのに。

「正確には、寂しくなりました。西口さんはいつも、仕事や会社の話を楽しそうにしていて……意見が割れた時だって、それはそれでどっちが正しいってわけでもなく、にぎやかで……」

「名波くんって、そういうのむしろ嫌いかと思ってたよ」

「僕もそう思ってました」

ふしぎですね、と笑ったが、西口は笑わなかった。おっかないほど真顔で碧を見つめていた。

「俺は無駄だなんて思わないよ」と言う。

「俺は、記者席からしか議場を見られないけど。自分たちの質問だの答弁だの、生身の人間がすぐ側で聞いて、書き留めてるっていうのは、絶対に大事だと思うよ」

「……黒子ですから、そう意識されては困るんです」

「でも君だって、ただ無味乾燥に記録してるわけじゃないだろ」

ぐっと横から手を握られて、一瞬で碧の左手は熱を持った。どんな早口の速記をする時だって、こんなふうにはならなかった。力を込められると、チューブの中身みたいに心臓が喉《のど》からにゅるりとせり出しそうだった。

「言ってただろ、あの時。言葉は僕たちにとっても命ですって。機械がそんなこと思うか？

俺は、あれ聞いた時、頭殴られたぐらいショックだったよ。言葉は命、って、俺たちもかくあるべきなんだろうけど、俺は、二十年以上記者やっててまだそんなふうに断言できない。それを、自分よりはるかに若い男が、国会議員向こうに回して一歩も退かずにさあ。あれを衝撃と言わずしてどうする」

手を重ねられた手、がもはや本能のような働きで動き出しそうになってしまう。

書き留めなきゃ。西口の唇と同じ速さで。言葉は消えない。けれどいつでも取り出して眺められるようにするための調理が必要だから。

「名波くんは、立派な速記者だよ。たとえ現場で速記をすることがなくなっても、変わらない。君の後に続く国会速記者がいないんなら、最高の、最後の速記者だ」

西口の手のひらから感じる体温もどんどん上がってきていて、真剣に言ってくれているんだと分かった。嬉《うれ》しかった。他の誰でもなく、西口にこうして認めてもらえたのが。

『議事は、速記法によってこれを速記する』

議院規則によって定められた、百年以上続く仕事。碧の代で幕を閉じるのならば、百年ぶんの矜持《きょうじ》を正しく背負わなければ。

「ありがとうございます。……頑張ります」

そんな月並みな言葉でしか表現できなかったが、西口にちゃんと、伝わったと思った。西口は「いや」とぶっきらぼうに手を離し、さっきの碧みたいにぐいぐい酒を飲んだ。照れて

いる、らしかった。

「あのさ、いつか取材させてもらえないかな」

それでもしっかりこんなことを言ってくるあたり、侮れない。

「どういうことですか？」

「最後の速記者の声がほしい、と思ったから――そうだな、今はちょっとまずいだろうから、名波くんが定年迎えてからでいい」

「……僕が定年迎えたらって、西口さん八十歳近いでしょう」

「はっきり言われるとこたえるもんがあるけど、ま、若いやつによろしくって申し送りしとくから」

「いやです」

「そんなはっきり言うなよ」

「西口さんに話して、西口さんが書いてくださるんならいいです。でも他の方ではいやです」

西口はまたそっぽを向いて「まいったな」とつぶやいた。

「記者冥利《みょうり》には尽きるんだけど……うん……しかし嘱託で居座るにも限度があるしな……」

「八十代で現役の方なんか、国会じゃさほど珍しくないでしょう」

「そりゃ議員の話だろ……まあ、でも、頑張るよ。ＵＰＩにはヘレン・トーマスだっていたしな。君が速記者を辞める日まで、俺も、何かのかたちで書き続けることにする。……約束だ」

グラスを差し出されて、碧も同じようにした。きん、と甲高《かんだか》く澄んだ音。数十年後まで続く約束には少々軽やかすぎる音だったのかもしれないが、とにかくふたりは乾杯した。約束をした。

「そろそろ、戻るか」

「はい」

碧はまだ、もう少しこのままでいたかった。西口も同じ気持ちで、だから敢《あ》えて切り上げようとしているのが分かった。ずるずる欲求に任せるより名残惜しさを味わいたい、という時はあるものだし——怖かったのかもしれない。お互いに。

腰を浮かせかけた時、碧の携帯が鳴った。祖母からで、時間が時間だけに悪い予感がした。

「もしもし、おばあちゃんどうしたの」

『碧ちゃん』

祖母の声は今にも涙に溺《おぼ》れてしまいそうなほどふるえていた。

『おじいちゃんが、倒れてん。頭痛い頭痛いって……』

「意識は？　救急車は？」

雑音を避けるため、店の出入口付近まで早足に歩きながら問いかける。西口も異変を察したのか、黙ってついてきた。

『呼んで、今、救急車の中やねんけど』

「うん、うん。じゃあ落ち着いて。病院に着いたらちゃんとしてくれるから」

『それがあかんねん』

とうとう祖母は堰《せき》を切ったように泣き出した。

『病院、行ったのに、うちでは診《み》られません言われて、もう二軒断られてもうた。おじいちゃん、もう動けへんよ。碧ちゃん、どうしたらええの、助けて』

碧ちゃん、と子どもの頃の呼び方に戻っていた。子どもにすがるしかない手を、物理的に取ってやることさえできない。

「名波くん。おい、どうした」

祖母のすすり泣きをただ呆然《ぼうぜん》と聞いていると、西口が「説明しろ！」と大きな声を出した。びくっとしたが、それでいくらかは正気が戻ってくる。

「祖父が倒れました。おそらく脳の異常です。救急搬送先が見つからなくて困っています」

ロボットみたいに無機質な口調で答えると「ちょっと貸して」と電話を取り上げられた。

「もしもし？　名波くんのおばあ様ですか？　私、名波くんの友人ですが、くわしい状況をご説明頂けますか？　できれば救急隊員の方に代わって頂けるとありがたいんですが」

手帳とボールペンが突き出されて、碧は西口の意図を理解した。白紙のページを探す。速記記号もかくや、というほど難解な走り書きがそこらじゅうに散っていた。現在地や祖父の症状、断られた病院などを西口が言うままに速記し、カタカナで訳もつけ加える。電話を切ると西口は自分の電話を取り出し、どこかにかけた。

「すいません明光の西口ですが、大至急で一台回して頂けますか？　赤坂の――」

どうやらタクシーを呼んだらしかった。碧に「五分以内に車が来るから」と告げる。

「それに乗って、いったん帰って支度して、始発の新幹線でも飛行機でも、とにかくいちばん早い手段で行ってやれ。救急車の方は俺が何とかする」

「何とかって？」

言う通りにするほか、自分にできることなんてないのは分かっていたけれど、祖父が倒れて意識不明に陥っている、という現実をどうしても認めたくなくて碧は聞き返した。

「何とかってどうするんですか。今、夜中の三時ですよ。始発までまだまだある」

碧ちゃん、と弱々しい祖母の声。側にいてやれない。何もしてやれない。古い浴衣《ゆかた》を、彼女が子ども用の作務衣《さむえ》に仕立て直してくれたこと、おたふく風邪でぐったりした時には祖父が病院までおぶってくれたこと。三人で手をつないで夏祭りに行ったこと。色々な記憶が頭から眼球の裏まで押し寄せてきて涙を止められなかった。

「どうしよう、間に合わない……」

「碧！」

西口が強い声で呼び、両方の肩をつかんだ。

「余計なことは考えるんじゃない。いいから、俺の言う通りにしろ。帰って、朝を待って、兵庫に向かうんだ。間に合うとか合わないとかいいじゃない。行くんだ。いいな？」

高圧的、といってもいいほどの口調に感傷も押さえつけられて碧はこくこく頷《うなず》いた。西口はハンカチを取り出して碧の目の周りを、泥でも拭《ぬぐ》うみたいにごしごしこすると「よし、行け」と命じた。まるで号令だ。仕事の指示をする時はこんなふうなのかな、とちょっと思った。

何も考えないようにした。西口の言葉だけを頭の中で繰り返した。帰る、朝を待つ、支度する、始発の交通機関に乗る。帰る、朝を待つ、支度する、始発の交通機関に乗る……念仏みたいに唱え続けていると、混乱や不安からひととき自分を守れた。さっきまで週末の大騒ぎの中にいて、西口としゃべって、あんなに楽しかったのに、どうして今こんなことが起こるんだろう、とあてどのない恨みつらみに心をさらさずにすんだ。家に着いていつもの習慣で手を洗い、うがいをしていると洗面台の上で携帯が鳴った。

『碧』

変わらず泣き声だったけれど、そのトーンはつい数十分前と全然違っていた。でもまだ安心するな、と自分を叱《しか》りつけて「どうなった？」と尋ねる。

『あのねえ、あれからすぐ、ヘリコプター来てくれて、神戸のおっきい病院まで運んでくれてん。くも膜下出血やって』

「それで？」

『まだ手術中やけど……こんな立派な病院に連れてきてもうて、それでもあかんかったらしゃあないよ。寿命やわ』

一度落ち着きを取り戻したら、碧よりはるかにしっかりしたものだった。とにかくそちらに向かう、お父さんとお母さんにはこれから電話するから、と言うと「忙しかったら無理せんでええ」と答えたほどだ。

「そんなわけにはいかないよ。できるだけ早く行くから」

『碧、あの、西口さんいう方はどういう人なん』

「新聞記者」

『ああ、それで顔広いんかねえ。偉い人に話つけてくれたんやろか』

「そうかもしれない」

何とかする、という言葉を実行してくれたのだ。たぶん、誰かに話を通して。考えられるのは兵庫選出の議員だが、こんな時間に突発で頼みごとなんかして、大丈夫なんだろうか。よほど懇意にしていても言いにくい用件だったろうに。記者が政治家に借りを作って、あと何かのかたちで西口に響いてこないんだろうか。今度はそれが気にかかって仕方ない。

『そう、碧がちゃんと働いてるから、よおしてくれたんやねえ。電話の感じも、ええ人やったもん。優しそうな、なあ』

そのまま五時すぎまで、好きにしゃべらせておいた。勝手の分からない病院で、手術が終わるのをひとりぽつねんと待たせるのはかわいそうだったから。思い出話ばかりされてまた何度か泣きそうになったが、どうにかこらえて「うん」「うん」と相づちを打ち続けた。

そろそろ家を出るから、と切り上げようとした時、祖母が「あっ」と声を上げる。

「どうしたの」

『今、今、『手術中』の赤いのん消えよった。テレビと一緒やわあ』

のんきすぎると思ったがおろおろされているよりは安心だ。

「いったん切るよ。先生の話聞いたら、また教えて」

切って、当面の着替えをかばんに詰めているとまたかかってくる。出血の規模は小さく、場所も取りやすかったので手術はうまくいったということだった。今度は海外の父親にかける。時差はこの際考慮していられない。「できる限り早く帰国する」と言われたが、たぶん二、三日かかる。羽田空港に向かうタクシーの中でようやく西口に報告ができた。

「名波です。すみません早朝に」

『どうなった？』

碧の前置きを遮って尋ねる。

「くも膜下だったそうですが、幸い大事には至らず摘出できたそうです。後遺症についてはまだ分かりませんが……」

『そうか。ひとまずはよかったな』

「はい……あの、西口さんが病院の手配をしてくださったんですよね」

『いや、俺じゃない』

明朗だった西口の声が、そこでなぜかくもった。

「でも、西口さんがどなたかに頼んでくださったんでしょう。本当にありがとうございます。僕ひとりだったらどうなっていたか……」

『よせよ、心当たりにお願いして、たまたまうまくいったってだけの話だ』

照れや謙遜《けんそん》ではなく、できればその話題に触れてほしくない、という空気を西口ははっきりとにじませていた。でも身内の命が関わることだったので碧も引き下がれない。

「できればその、口利きをしてくださった方にお礼を言わせて頂きたいのですが」

『いいよ別に』

「そういうわけにはいきません。祖父の命の恩人です。直接お伺いするのがまずければ電話でも、礼状をことづけて頂くのでも構いません。お名前を出すのに差し障りがあるなら詮索はしません。どうかお願いします」

食い下がるとそれでも「うーん」とうなってから、「分かったよ」としぶしぶ了承してくれた。

『でも、もうすこし落ち着いてからでもいいだろ。名波くんはまだおじいさんに会ってもいない状態だし、相手はかなり多忙だし、俺もちょっと、ばたついてててね。内閣改造が近いから』

「あ――そうですね、すみません。僕の都合だけを押しつけてしまいました」

『それはいいんだけど』

「あの、西口さん……ずっと起きて待っていてくださったんですか」

『乗りかかった船だからね』

「すみません、状況が判明してからと思ったんですが、病院に受け容《い》れてもらった時点で一報入れるべきでした」

『気にすんな。暇つぶしの仕事はいくらでもあるんだ』

「暇つぶしの仕事、ですか」

『うん』

すこし笑えた。十年ぶりぐらいに笑ったような気がした。何て濃くて、長い夜だったんだろう。

『今から帰るんだろ？　仕事は、しばらく休むの？』

「水曜くらいから出勤したいと思ってます。まだ上司に相談してませんが、忙しい時期ですし」

『あんま気にせずにどーんと一ヵ月ぐらいおじいさん孝行してこいよ――って言ってやるんだけどな、俺が名波くんの上司だったら』

「お気持ちだけ、ありがたく頂いておきます」

『ちゃんと寝るんだぞ』

「西口さんこそ」

『俺はいいんだ、慣れてるから』

「駄目ですよ……長生きしてくれないと困ります」

約束を、したのだから。

『え？　ああ——……うん』

「もう忘れてましたか」

『忘れてないって！』

七時すぎの飛行機に乗って、身体《からだ》は困憊《こんぱい》しているのになかなか寝つけなかった。「碧」と一度だけ力強く呼ばれた名前の響きが、何度も何度も左手をふるわせるような気がした。でもさっきの電話ではまた「名波くん」だった。

一ヵ月も休まされたら困る、と思った。一ヵ月、あなたに会えない。疲れすぎて頭が、おかしな方向にハイになっているのだろうか。つめたいヘッドレストに頭を押しつける。

眼下に遠ざかる東京の景色が、寂しい。西口が遠くなる。早く祖父母に会いたい。顔を見て安心したい。それと同じぐらい切実に、碧は今、西口に会いたかった。ほんの数時間前まで隣にいた男に。無理やりに目を閉じるとまた、「碧」という声が西口の輪郭で立ち上がってきて、息が苦しい。

病院に着いて、いざ術後の祖父と対面すると自分の中のイメージよりぐっと衰え、老け込んで見えたのでさすがにこたえた。開頭処置ではなく、大腿《だいたい》からのカテーテル手術だったということで、頭髪に変化はないものの、顔色は真っ白だ。でも麻酔から覚めた時に「おじいちゃん」と呼びかけると、瞳ははっきり碧に焦点を結び、握った手にも反応があった。記録部には月火と休みをもらう運びになり、病院近くのホテルを取って祖母と交代で病室に付き添った。

祖母は祖父にも何度も「西口さん」の話をした。赤ん坊に言葉を教えるみたいに、西口さんいう人が病院探してくれたで、あのまま右往左往しとったら間に合わへんかったかもしらんね、碧と西口さんに感謝せなあかんで……。碧は「もういいから」と止めたが、祖父はもつれる舌で嬉しそうに「ありがとう」と繰り返した。

週明けには両親が帰ってきて、これからのことを話し合った。容態が安定したらもっと実家に近い病院に移り、父と母が中心になって看病する。最低でも今年いっぱいは日本にいる、だから碧は安心して勤めを続けなさい、そう言ってもらえてほっとした。祖父の回復度合いと人手の事情によっては休職や退職もやむなしと覚悟していたから。肉親の面倒を見ることに異存はないが、今の碧には最後の衆院速記者として職を全《まっと》うしたい特別な理由ができてしまった。

その「理由」には、連絡を取らなかった。忙しいと言っていたので、碧の事情で煩《わずら》わせるのはばかられた。病院で新聞を買い、西口諫生《いさみ》の署名記事を見つけると、頑張ってるんだなと嬉しくなり、ちゃんと眠ってるだろうか、また明け方まで飲みに行ってやしないだろうかと案じた。早く自分も、あの場所、速記席に帰りたいと気が急いた。見ているものも目指すものも違うけれど、西口と同じところで働いていられる。この仕事を選んでよかった、と思った。

火曜の深夜、東京に戻ってきて、ようやくメールしてみた。今着きました、祖父はおかげ様で快方に向かっています、またあしたから仕事に復帰します、と何度読み返しても事務的でそっけなかったが、絵文字なんかもってのほかだし、もともと愛想のない性格なのであがくのはやめて、そのまま送った。すぐに着信があった。

『お帰りなさい』

「……ただいま」

面映《おもは》ゆい気持ちで四文字を口にする。西口の周りは、また騒がしかった。

「まだお仕事中ですか？」

『うん、記者クラブ。おじいさん、よかったな』

「はい、本当に西口さんの、」

『ストップ、それはもういいって。ちょっと声が聞きたくなっただけだから。改造が一段落したら飲みに行こうよ』

「はい」

そこまでなら、楽しい気分でいられた。けれど西口は切る寸前、「あしたからまた愛妻弁当だね」と軽く碧をからかった。そうだ、しばらくぶりで忘れていた、その設定を。

これまでの、うすものをまとうような後ろめたさとは違う、何やら猛烈な焦りがこみ上げてきた。何とかしないと。でもどうやって？　でも何で？　とてつもない難題がのしかかってきたように感じる。これまでだってごまかしてきたんだから、これからだって、そう考えてたちまち、絶望といってもいいんじゃないかというほど、気持ちはへなへなとくずれるのだった。

この先ずっと、西口にうそをつき続ける。数十年後の約束をした相手に？

借りっ放しになっている「ムーン・パレス」をもう一度最初から読み返す。ちっとも頭に入ってこなかった。既読で、結末も分かっているからじゃない。うすいうすい傍線の跡が前よりずっと、いちいち不快に引っかかるのだ。きっちりとした直線。西口の引いたフリーハンドと交ざってまるで夫婦の会話を見せつけられているようだった。

いらいらする。西口の妻の痕跡《こんせき》。西口がかつて誰かを愛していた証《あかし》。本を、ベッドに放り投げると開いたページを下にしてべしゃっと広がった。ものを、しかも人の所蔵をそんなふうにぞんざいに扱ってしまったのに自分で驚いて慌てて拾い上げる。拾い上げたらまた、見てしまう。見たらいやになる。もう手元に置いておきたくない。でも返したら、また西口の家でしまわれ続けるのだ。あったことも忘れるような扱いだとしても、あの、ベッドとテレビだけが幅をきかせた、寂しい部屋で。

落としたとか、お茶をこぼしたとか言って捨ててしまおうか、そして西口には新しい品を買って返そうか——また平然と、何かを粗末にする発想が自分の中から湧《わ》いてくるのにがくぜんとした。違う、違う、こんなのは。たかだか文庫本一冊で、どうしてこんなに悩まなきゃならない。きつい、と思った。ものすごいストレスだ。血の塊みたいに取り除いてもらえるのなら頭を切られようと胸を切られようと我慢するのに。遠くにいて、西口さんに会いたいな、と思う甘苦い焦燥《しょうそう》とは比べ物にならなかった。西口は結婚していた。結婚。碧のようにつまらないうそだったらどんなにいいか。

妻を深く愛していた。きっと碧に見せた労《いたわ》りや親切の何十倍も彼女に与えて。別れたら泣くぐらい、離れたくなかった。今も忘れられなくて、よその女には目もくれない。全部、全部分かっていたはずなのに。歯を立てたらひどく苦い芯《しん》に行き当たる果実のようだった。眺めて、表面を噛《か》んでいるうちはよかったのに。声が聞きたくて、という台詞すら今となっては心臓に深々と突き立つ。どうして、平然とそんなこと。

本を、机の引き出しのいちばん奥にしまった。でもまたすぐ取り出してしまうだろう。かさぶたを何度でも剝がし、てらてら体液の乾かない傷口は痛み続ける。痛みの中で碧は何度でも思い知ってしまう。自分が西口を好きなのだということを。

男なのに、ちょっと親切にされたからって、人づき合いが下手《へた》すぎて依存心を勘違いしている。憧れの延長だ。……打ち消す言葉ならいくらでも出てきて、でもこの胸苦しさの前ではすぐに立ち消えてしまう。

声が好きだ。よく動く目と口が好きだ。耳のつけ根から頬骨《ほおぼね》に続くラインが好きだ。広いけど角張っていない肩や、早くて広い脚の運びや、ポケットに手を突っ込んでいる時の、袖《そで》口《ぐち》から覗く手首が。明るいところも暗いところも、年相応なところも子どもっぽいところも、女好きなところも潔癖なところも、優しいところもつめたいところも。

ずっと声を聞いていた。どんな人だろうと思っていた。碧のちっぽけで漠然とした想像なんて及びもつかないほど、生身の西口には色んな部分があって、きっかけは些細《ささい》だったのに、短期間で増えた情報の量と濃さに改めて驚いた。そして後悔した。知り合わなければ、こんな痛みを覚えずにすんだのに。出会えたことが幸せ、と思えるほど前向きな性格じゃなかった。

水曜の朝、久しぶりなのでいつもより一時間ほど早く出勤し、誰もいない職場で記録部に届いた各社の朝刊を整理した。

明光の一面で手が止まる。あさってに行われる内閣改造の閣僚人事についてだった。どこもそのニュースを一面で扱っているのは当然として、碧が驚いたのはその顔ぶれにかなり踏み込んでいたからだ。野党から問責が出された人間を無難に交代させるのが狙《ねら》いの小幅改造というのがマスコミや評論家の一致した見解だった。まだ発足して半年足らずだし、現首相はサプライズや民間人起用が嫌いなタイプだからだ。

なのに明光の書きぶりでは、かなり大胆な人心一新を行うことになっている。若手の起用、党の反対勢力の一掃、一方で冷や飯を食わされていた実力派重鎮の復活……挙がっているポストと名前の中には意外を通り越してこんなこと書いて大丈夫なのか、というのもあった。

よそと見比べたが、同じような分析をしている新聞はない。朝刊の〆切に間に合わなかっただけでwebでは更新されているのかもしれない。そう思って検索してみたが、やっぱり明光の独自記事らしかった。

だったら、スクープということになる。記事には「官邸筋の情報によると」とあったが、党内でも無派閥で、なかなか胸のうちを明かさないという評判の任命権者からどうやってここまでの詳細を引き出せたのか碧には想像もつかないが、これが本当ならすごい――本当なら。いずれにしてもきょうの永田町はかなり騒がしくなりそうだ。

もう一度朝刊を手に取って、やっとそこに「佐藤すみれ」という署名があるのに気づいた。


夕刊、木曜の朝刊もいつもより入念にチェックしたが、改造人事についてやや含みを持たせて追いかけるところがちらほらあるぐらいだった。すみれの記事を見て慌てて裏を取りに走り、それなりの確証が得られた社と様子見をする社に分かれたということだろうか。

これであす、首相が新閣僚に電話をする段になって、かねてからの予想通り地味な小幅改造というオチだったら、すみれは一体どうなるのだろう。西口も連帯責任で叱責《しっせき》されたりしてしまうのだろうか。議場の顔ぶれがどう変わろうがそれで碧の仕事に直接影響するということはないので、今までは一般市民としてごくふつうの関心しか持たなかったが、今回は胃が痛みそうにはらはらしてしまう。すみれのスクープが、ちゃんと成就しますようにという気持ちだった。西口からは何の連絡もなかったが、忙しいだろうから碧もアクションは起こさなかった。

金曜日。会社まで待ちきれず、家の近所のコンビニまで朝刊を買いに行った。アタマの見出しは「きょう内閣改造」、これはどこも一緒だ。一日のスケジュールと予想されるメンバーの写真。おとといから変わらない。

家に戻り、一面をめくる。記事じゃないところが目に入った瞬間、中途半端な位置で手が止まった。最下段の、広告欄。見出しが「衝撃スクープ！」の文字とともにでかでか踊っている。

『明光新聞　美人記者　首相補佐官との一夜』

その横にはこうも書かれていた。「極秘の閣僚人事をスッパ抜いた裏には首相の腹心との密会があった。エリート補佐官を落とした若手女性記者の手口とは——」

そんな、まさか。

新聞を放り出してもう一度コンビニに走ると、レジに持っていくのももどかしく、棚にさった当該の週刊誌をその場で開いた。表紙の次、巻頭のグラビアのページにいきなりそれはあった。夜道を歩いている男女の写真。白黒で、ぷつぷつ粒子の粗いしろものでも、申し訳程度に目線を入れられた女がすみれだということは疑いようがなかった。

もしかしなくても、これは、ものすごくまずいんじゃないのか？　中の記事を貪《むさぼ》り読む。

政治部の記者Sさんという記述。それが、首相の信頼篤《あつ》い、補佐官のマンションを数回訪れ、朝帰りの時もあった。その接触のなかで内閣改造の人事情報を入手——しかも補佐官の方では、彼女がマスコミの人間だと知らなかったらしい。国会図書館で偶然出会って親しくなった、大学院生だと聞いていた、と週刊誌の取材に「驚きを隠しきれないようすで語った」とある。

しかし補佐官は「人事の情報を洩《も》らすことなど絶対にない」と主張している、とも。それはそうだろう。仮に寝物語にしゃべったとしても認めてしまったらおしまいだ。ひょっとするとすみれが何か――メールとかＵＳＢのメモリーを盗み見たのかもしれないし、情報源は全然違うところかもしれない。問題は、彼女が身分を偽って官邸サイドの人間と私的に、男女の関係を否定できない接触を持ったことだろう。すみれ自身は週刊誌の取材にノーコメントを貫き、明光の広報部は「そのような事実はありません」という回答だったらしい。

上の空で代金を払い、裸のまま丸めた雑誌を手に歩く。

どうして、という疑問が拭えない。すみれは絶対に、男と寝て情報を引き出すようなまねのできる性格じゃなかった。何より、彼女は西口を好きだった。

足が止まる。最後に会った夜。すみれは悩んでいた。働いていて「女」から抜け出せないこと。西口と対等にも、恋愛の対象にも見てもらえないこと。不意に落とした涙。週刊誌の記述を信じるなら、その頃にはもう踏み出してしまっていた。

あの時点で、誰かが止めていればこんなことにはならなかったんじゃないのか？　僕は彼女を、引き止めるべきじゃなかったのか？　情緒不安定に見えたことを、西口さんに言うべきじゃなかったのか？

誰かが、自分じゃなくて、彼女の抱えるジレンマを正しく分かってやれる誰かが話を聞いて、止めていれば、こんな、取り返しがつかない事態には。ふるえる手から雑誌が滑り落ちそうになる。

あの夜、僕は、西口さんと話したくて、すみれさんのことを言わなかった。すみれさんを心配して、西口さんが行ってしまうのがいやで。あの人を、ひとり占めしたかった。ただそれだけなのにごちゃごちゃ自分に言い訳をして、彼女の涙を見なかったことにした。

早朝の路上で、碧は週刊誌を握りしめたまま立ち尽くした。

その日、食堂に西口の姿はなかった。当たり前だ。これからいよいよ新大臣に首相からの電話がかかり、官邸への呼び込みや認証式、初閣議を経て未明まで記者会見が行われる。悠長に食事している暇なんてありはしないだろう。それでもさりげなく議事堂内をきょろきょろして、この間一緒に飲んだ記者を見つけることができた。幸い年も近く、話しやすそうだ。

「おっ、お疲れっす」

「あの……」

他に人もいるので「雑誌の……」と小声で切り出すと、「ああ、見た？」と存外ざっくばらんに「まいったよねー」と笑う。

「すみれさんは……」

「きょうは休みだよ」

それは、休まされたということなのだろうか。碧の、聞きたいけどどうしよう、というためらいを察してくれたのか「あそこ行く？」と中庭の噴水を指す。往時は馬車馬の水飲み場だったそうだが、その場面をもちろん碧は見たことがない。四角い噴水の四隅には喜怒哀楽をかたどった顔がはめ込んであり、これは民意を正しく汲《く》め、という教訓になっているらしい。

その端っこに腰を下ろすと西口の部下は「いやーほんと最近何でも『美人』ってつくよなー」とどうでもいい話題から入った。

「これでさ、『美人すぎる』とかついてたらあいつもう、色んな意味で表出らんねえよって言ってた。はは」

すみれの行為に腹を立ててはいないようで、それにはほっとした。仲間から白い目で見られるのがきっといちばんつらいだろう。

「あの、そんなに、何ていうか、笑いごとでいいんですか」

「いやー、笑うっしょ。枕とかハニートラップから誰より縁遠いやつだと思ってたからさあ。まあね、俺たちだって、誰かの担当につきゃ毎日毎日詣《もう》でてさ、家上がってめし食わしてもらって、移動ん時も張りついて……ある意味セックスするぐらいには濃い間柄だと思わない？　俺、とある政治家の奥様にはっきり言われたことあるからね、『私よりあなたの方が主人をよく知ってる』って。そこまでしてるとどんなくそじじいでも情ってのは湧いてくるわけ。向こうもそうだと思うよ。でもいざ何かあったら全力で批判して突っ込んでくんだよなあ。おかしな仕事だよ、政治記者って」

何も言えないでいる碧をよそに、しみじみとつぶやく。

「……男の記者相手に、にこりともしない野郎が、女には相好崩《そうごうくず》してほいほいコメントくれてんのとか見ると、ムカつくよ。でも女には女で、色々言いたいこともあるんだろうな……すみれにだって。正直、やったからどうなんだって思わない？　いい年した大人同士だよ？ぺらぺら情報洩らす方がアホなんだ」

「やっぱり、すみれさんは……その、補佐官の方から人事の話を聞き出したんでしょうか」

「さあ、もしそうだったとしても取材源の秘匿で突っ張るだろうし……犬の散歩にくっついて、リードもたされてへらへら笑う記者もいるよ。センセイの孫、背中に乗っけてお馬さんになって気に入られるやつも。それと、おいしいネタ握ってそうな関係者と寝るのとどれだけ違うのかな。名波さんはどう思う？」

「……すみれさんの人となりを一切知らなければ、とんでもない女の人だな、と思ったと思います」

「まあ、そうだなあ」

でもすみれを知っているから、すみれのしたことを卑劣だと切り捨てる気持ちにはなれない。一緒に働いていれば、尚更《なおさら》だろう。

法律は、個々の人間性を超越したところに存在していなければならない。でもそれを話し合って作るのも、その過程を書き留めるのも、取材するのも、こんなに生ぐさくちっぽけなひとりひとりの集まりだった。

政治家も人間、速記者も人間、新聞記者も人間。その愚かしい哀《かな》しみを、碧はその時、いとおしく思わずにいられなかった。ルールや倫理にてらして間違っていたとしても。

「ああ、そろそろ行かなきゃ」

部外者に吐き出して、相手も少々すっきりしたようだった。立ち上がって伸びをする。

「すみません、お時間を取らせてしまって」

「いや、いいよ」

最後に、いちばん気にかかっていたことを尋ねた。

「あの、西口さんは」

「本社から呼び出し」

「……今回の件で、ですか？」

「うん」

そこではすこし、口ごもった。

「下っ端は、こうして無責任にぎゃーぎゃー言えるけどさ、あの人は立場上ちょっとしんどいよな。おとといの夜、週刊誌の記者から本社に問い合わせあって、それからずっとこっちには来てない」

「そうですか……」

ひとりになってから、前庭の遊歩道に立ち寄った。前に、すみれと歩いた場所。ふしぎなもので、西口を好きだと自覚しても、すみれに抱《いだ》く感情はちっとも変わらない。邪魔だとも、こんなトラブルになってざまあみろ、とも思わない。ただ、すみれの件で頭よりは胸を痛めているに違いない西口を思うと、神経の末端がちりちりした。

赤茶けた外壁のビルを見上げて、碧はぼんやり佇《たたず》んでいた。そこにかかる「明光新聞社」の看板。仕事終わり、築地までのこのこやってきてしまったものの西口に会えるあてどころか、中に入れる見込みもない。完全なるアウェーだ。電話は迷惑だろうし、メールも何と打っていいのか分からない。けれどとにかく、じっとしていられなかった。こんな衝動が自分に起こるというのが、まだ信じられない。棒立ちで見上げているのも不審なありさまだろうが、いつ西口が出てくるとも限らない。というかそもそも、今確実にこの建物の中にいるという保証すらないのだ。

現実的にどうこうというより、たぶん、碧のいてもたってもいられない気持ちを納得させるためにここにいるのだと思う。疲れや諦《あきら》めに負けてこのざわめきがやむまで。しかし困ったことにきょうは金曜日。あと二日、ここにいたっていいわけだ。

ああ、でも大磯に行かなきゃな、と思い出す。先週、兵庫に帰っていて会えなかった。電話でその旨を告げると、いたく心配してくれていたから、きちんとその後の報告をしなければ。ひとりのことにかまけていると、どうも身体じゃなく、心の配分が難しくなる。これは碧のキャパシティの問題なのか、それともみんなそうなのか。誰かを好きになると。

九時を回ったところだった。今ごろ官邸には報道陣が詰めかけ、新閣僚の就任記者会見の真っ最中だろう。本当なら西口も、あの場にいるはずだったのに。灯《あか》りのついている窓を、首が痛くなるまで見上げた。

会っても、何を言えるわけでもできるわけでもない。碧がおろおろと気を揉《も》むこと自体、西口には邪魔なのかもしれない。相手のためと自分のためって、どう線引きするんだろう。四角い窓の連続を見続けていたら、点灯と消灯がめまぐるしく入れ替わるような錯覚に陥って軽く目頭を押していると、「あれ」という声がした。

「君、この前西口と一緒だった……」

静《しずか》の言葉を「碧梧桐《へきごとう》」と引き取ったのは隣にいる佐伯《さえき》だった。

「そうそう、名波くんだ。どうしたんですか、西口に何か用事？　今、ちょっと取り次いでやれないかもしれないけど……」

その微妙な表情から、すみれの一件はもう社内に知れ渡っているのが窺《うかが》えた。自分たちの作っている新聞にでかでか載っているのだから当然か。新聞と週刊誌の関係というのもよくよく考えると奇妙だ。碧は思い切って静に尋ねてみた。

「僕は、例の女性とも少々面識があったもので気になってしまって……その、西口さんに何か処分は下るんでしょうか」

「どこに飛ばされるか賭《か》けてたところだよ、なあ良時《よしとき》」

真剣味のかけらもない口調で佐伯が言い、静に「なあじゃない」とたしなめられる。かなりあくの強い性格だとは以前会った時に分かっているが、それにしても、同期の窮地にこの

態度はないだろう。半ばは八つ当たりかもしれないが、抗議せずにいられなかった。

「人の不幸がそんなに楽しいですか」

「もちろん」

みじんのちゅうちょもなくあしらわれてしまう。

「でなきゃ新聞記者なんかやってねえよ」

「西口さんが悪いわけじゃないでしょう」

「そうかねえ」

「……あの人が、すみれさんに指示したとでも言うんですか？」

「何だ、きょうはずいぶん元気だな。こないだは借りてきた猫みたいだったのに」

どうやら人の頭に血を上らせるのが趣味、というタイプらしい。国会論戦の場でもたまに遭遇する。相手の質問や答弁で遊ぶ人間。口と頭に相当な自信がないと大けがをするが。

「俺、肩書きは部長なんだよ、これでも」

こうやって唐突に話題を展開し、相手をペースに巻き込むやり口とか。

「それが、何か？」

「突っかかんなよ。部長の最大の仕事って何だと思う？」

「……見当もつきません」

「優秀なデスクをつかまえる、これに尽きるね。そしてデスクの仕事は優秀なサブデスクをつかまえることだ」

だんだんと、佐伯の言わんとすることが分かってきた。

「不幸じゃねえよ、不始末だ。子飼いの不始末はあいつのミスに決まってる。小娘ひとり教育しきれねえのは不徳の致すところってやつだろ。本人だってそれは分かってる」

返す言葉なくうなだれていると静は「飛ばされるとかは、たちの悪い冗談だから気にしなくていい」と慰めた。

「でも、お咎《とが》めなしというわけにはいかないんですよね」

「見せしめと言えば言葉は悪いけど、双方、機密管理とコンプライアンスの部分でぬかりがあったってことだろう。政権にとっては結構なダメージだよ。目玉になるはずだった極秘改造に水を差されて、また野党の攻撃材料を作ったし、根回しの最中に記事にされると党内にもしこりは残ると思う。人事っていうのは恐ろしくデリケートな作業だからね」

「新しい官房長官、前から西口のこと目の敵《かたき》にしてたらしいしな」

と佐伯が付け足す。

「どうしてですか？」

「前与党の担当記者が長かったからだよ。綱領も作ってないお子様だらけの政党に国政を担えるかって、その昔ぼろくそに書いてたな。要は敵方の犬って扱いだ――馬鹿ばかしいってツラだな、でもそんなもんだよ、人間関係なんてどこも」

政権の側が怒っているので、無傷ではすまない、という事情を碧なりに解釈してみる。

「これから、明光だけ取材させてもらえないとか、そういう目に遭うということですか？」

「アホか。そんなことしたらスキャンダルが本当ですって公に認めちまうようなもんだろうよ。大体、会見場から締め出されたところで困りゃしねえ。記者クラブっていう素敵な互助制度があるからな。俺なら西口の首差し出せっていうね。解雇じゃねえぞ、もう政治の畑には近寄ってくれるなってことだ。そんぐらいの厄介払いができりゃあ多少は溜飲《りゅういん》が下がる」

「そんな」

「大甘の処遇だろ。別にミスしなくても人事異動の可能性は誰にだってある。大体あいつ、社会部から政治部に移る時かなりごねてたらしいじゃねえか」

「だってお前、それは――」

静は何かを言いかけたが、碧を見ると慌てて口をつぐんだ。そしてゆっくりとかぶりを振る。

「俺は編集の部署なんだけど、個人的に、西口の記事のファンだったから、読めなくなるのは寂しいよ」

「ファン、ですか」

「そう。新聞記事って、署名はひとりか、せいぜい二、三人でしょう。あと取材班ってまとめてたりね。でも実際は結構な人数の合作なんだ。あの日、誰と会ってた、こういう発言をした……イエスかノーか、たった一言の裏を取るために何日も何週間もかかるのはざらだよ。そうやって集まった情報を、パズルを組み合わせるみたいに集約させて政局の解説なんかを書くのが、あいつは非常にうまくてね。身びいきで言うんじゃないよ。すごいヤマを張るな、と思ってもその通りになったりするんだから」

それだけ重要な人材だからこそ、追い払われる。政治部にとっても会社にとっても痛手になるから、政権のダメージとバーターにする、要はそういうことか。

「食事、まだなんだろう？　どこかで食べようか」

「いえ」

静の申し出を短く断ると、「ならせめて屋根のあるところにいなさい」と父親みたいな口調で言われた。

「冷えるから。西口には、解放されたら君に連絡するようメールしておくから」

「はい」

近くのファミレスに移動して、さっき聞いた話について考えた。西口が、何らかの形で「記者」でいてさえくれれば、約束は果たされる。佐伯の言うように、配置換えは当たり前だしさらに年齢を重ねれば現場にも出なくなるだろう。この先の出世に響くかもしれないが、もとより昇進なんかに興味はなさそうだった。ずっと、議事堂で会えるなんて思う方がのんきすぎた。食欲は出なかったので申し訳程度にコーヒーとサンドイッチを頼み、それすらほとんど手をつけずにテーブルの上の携帯だけをにらんでいた。

電話がかかってきたのは十一時前だった。待っていたはずなのに、いざくると怖気《おじけ》づいてしまってすぐ目の前の携帯に手を伸ばすまで三コールかかった。「何か用？」って訊かれたらどう答えればいいんだろう。でもずるずるためらっているうちに向こうが切ったら元も子もないので覚悟を決めると「はい」と出た。

『名波くん？』

いつも通りの、西口の声だった。三日ぶりにそれを聞いた、だけで、一瞬にして全部吹っ飛んでいきそうになった。砂が水をたちまち吸い込むみたいに。好きだ好きだ好きですもうどうしようもない。成就しない、という前提は、すこしもその圧倒的な実感の妨げにはならなかった。

「はい」

『ごめん、静からメールもらってたの、今気づいて。もう家着いちゃったんだけど、まだ外にいる？』

「はい」

『面倒じゃなかったらうちに来る？　悪いけど、俺今ちょっと疲れてて、また出かける気力ないからさ』

「はい」

それしか言葉を知らないみたいに繰り返した。真夜中にでもいきいきと「飲みに行こう」と誘う西口がはっきり疲れを口にしたのが痛々しい。

それでも家に行くと笑顔で出迎えてくれた。

「何か、久しぶりだね」

「はい」

「おじいさん、その後どう？」

「順調です。今のところ言語もはっきりしてますし、身体の麻痺《まひ》や痺《しび》れもないということなので」

「そうかあ、ほんとによかったな」

適当に、共通の話題を持ち出したんじゃなくて、こんな時でも西口が本気で碧を案じ、喜んでくれているのが伝わってきた。温かい手にぎゅっとつかまれるような力のある笑顔。西口の中にある苦悩と関わりがないように変わらないのが、却ってつらかった。

「ああ、そうだ。ずっと渡すの忘れてた」

リビングのチェストを探り、緑色のパッケージを差し出す。

「北海道土産《みやげ》。ハッカの湿布。効くかどうか分からんけど」

やたら爽《さわ》やかな外装はペパーミントのグリーンらしい。

「ありがとうございます」

「うん」

西口はベッドにどっかり腰を下ろした。そうなると碧だけカウンターに座るわけにはいかなくて所在なく立っていると「座んなよ」と隣を指された。

「ちゃんと洗ってるし」

「そんなことは気にしてません」

「そっか」

スプリングは音もなく底なしかと思えるほどやわらかに沈み、それから静かに強く、押し戻してくる。さすが高級品、と妙なところで感動した。沈黙の方が怖くて、あまりためらわずにすんだ。

「すみれさんは……」

「『週刊時代』見た？」

「はい」

「ま、全国誌に美人って書いてもらってあいつも本望だろ」

やっぱり、チームだから同じような感想を洩らすのだろうか。

「彼女は今どうしてるんですか」

「俺と一緒。本社で事情聴取されて、沙汰《さた》待ち。ま、ちょうど異動の季節だしね」

「……西口さんも、ですか」

すこし間が空いた。

「二十四時間営業の仕事にもいや気が差してたとこだ、ちょうどいいよ。この年で夜討ち朝駆けはきついわ」

それを本心だと受け取れるほど、西口を深く知らないでいられたらどんなにいいだろうと思った。

「……すみれさんのことで」

「うん？」

「あの……先週、一緒に飲ませて頂いた日、彼女のようすはすこし変でした。あの時、僕は西口さんにお伝えすればよかったんです。今さら言っても始まらないのは分かっていますが……後悔しています」

ごめんなさい、と言おうとしたら「よせ」と強い口調で遮られた。

「たられば の話なら永田町には腐るほど転がってる、くだらない。あいつのしでかしたことはあいつの責任なんだ。君や俺がどうこう考えたってしょうがない」

「……でも西口さんだって、自分の責任だって思ってるでしょう」

「思ってないよ」

「思ってます。すみれさんと同じじゃなくても、西口さんは彼女を大事に思ってたじゃないですか」

「言ったろ、面倒だって」

西口の声は段々と尖《とが》ってくる。

「隠すこともぶつかってくることもできないくせに、犬みたいにあからさまに俺のやることなすことに喜んだりがっかりしたり……馬鹿だろ、馬鹿すぎて怖いから遊んでやる気にもならなかった。女って、もうすこし賢く立ち回るもんだろう。若くていい男なんかいくらでもいるのに何で俺なんだ」

見る目がない、人の足引っ張りやがって、週刊誌に撮られるなんて間抜け……西口は次々とすみれをののしった。それらすべてが自己嫌悪の裏返しだと分かるから碧は宥《なだ》めも止めもしなかった。静かに西口を見ていた。

声が途切れた拍子に目が合うと西口は一瞬、放心したような無防備な表情になり、それから膝《ひざ》の上で頭を抱える。

「俺が、追い詰めた……放っときゃそのうち熱も冷めるだろうって……逃げずに、もっと誠実に向き合わなきゃいけなかったのに、仕事の場にややこしいもん持ち込んできやがってって……」

丸まった背中が大きく上下し、泣いているのかと思うほど荒い息をつく。肩甲骨の間をそっと撫《な》でると、そろそろ伺うように碧を見て「何でだろう」とつぶやいた。

「ほんとにいつも、君の前でだけは見栄を張れないんだ。つるつる余計なこと話しちまう」

「黒子ですから」

碧は答えた。

「誰も僕を気にしない、透明人間です。それが仕事ですから」

触れた手のひらの真下に、西口の心臓があるような気がした。

「……あの日、あなたに見つけてもらえて、どんなに嬉しかったか」

「碧」

西口が、上体をねじった。と思った瞬間にはもうくちづけられていて、西口の腕の中で目を見開いた。ふさがれたまま体重をかけられ、広すぎるベッドの上になだれ、重なる。混乱も一緒くたに舌を吸い上げられると何も考えられなくなった。かぶさってくる男の身体の、重さと熱さだけを感じていた。

混乱しているのはきっと西口の方だ、こんなふうにすがりついてしまうぐらい。相手はたぶん、碧じゃなくてもいい。碧にするぐらいだから、きっと誰だっていいんだろうと思った。構わない。現実逃避でも甘えでも、西口からこんなふうに求められることなんて、本来夢でもありえないのだから。僕はあなたにつけ込んでる。あなたが疲れて弱っているのに。でも、これっきりだとしても、もう知人にすら戻れなくなっても、この誘惑に勝てない。

抱かれてしまいたい。

背中に腕を、回した。すると西口は、それこそ夢から覚めたように手をついて身体を起こした。

「……西口さん」

名前を呼ぶと、ぶんぶん頭を打ち振り「ごめん」と絞り出すように口にした。

「何やってんだ……錯乱するにも程があるだろ……ごめん、どうかしてた。忘れてほしい。忘れてください。本当にすまない」

はい、のほかに答えはなかった。もう一度「どうかさせる」ことはできるかもしれないが西口にこれ以上余計な後悔を増やしたくなかった。熱が揮発《きはつ》したみたいに、荷重を失った胸が冷える。西口の携帯が鳴って、メール画面を覗き込む横顔に何か悪い報《しら》せじゃありませんようにと願った。

西口は一度、天井を仰いで目を閉じると「あした時間ある？」と尋ねた。

「え？」

「おじいさんの件で、直接会いたいって言ってたろ。あしたならちょっと時間取れるらしいから、先方が」

「あ……」

そうだ、そんな話もあった。忘れていたわけじゃないけれどはっきりと現実の話をされて、束《つか》の間の嵐は完全に自分たちの間を通り過ぎて終わったのだと感じた。それでも落胆を顔に出さないよう努めた。

「ありがとうございます。何時にどちらへ伺えばよろしいでしょうか」

「ん、ちょっと待って」

西口は財布から一枚の名刺を取り出すと裏に何か書きつけた。

「時間書いといたから。この人んとこね」

手渡されたそれを裏返すと「厚生労働副大臣」の肩書きがついていた。参議院の選出だろう、碧には顔が浮かんでこない名前をつぶやく。

「……菊池沙知子《きくちさちこ》、さん」

西口がぼそりと「俺の、元連れ合い」と言った。


「え？」

「改造あったから、ポスト変わったりしたら忙しいだろうと思って様子見してたんだけど、まあめでたく留任されたそうなので」

訊きたいのはそういうことじゃない。名刺を両手に持ったまま固まっていると西口は「昔、一緒に働いてたんだ」と話し始めた。

「同期で、社会部で……まあそん時から優秀なやつだったよ。向こうはイギリスに留学してたから俺よりふたつ年上で、こっちは出来の悪い弟みたいなもんでさ」

イギリス。急に閃《ひらめ》いたのは、以前佐伯が口にした名前。

「……サッチャー？」

「菊」で「沙知子」でイギリスだからマーガレット・サッチャー。あの時、脈絡なく話題にしたわけではなかったのだ。西口は軽く目を瞠《みは》って「何で知ってんの」と言った。

「佐伯がつけたんだよ、うちの会社にも鉄の女がいるぞって。うまくできてるだろ？　鉄は鉄でも鉄の処女の方だって憎まれ口叩《たた》いてたけど」

ふっと洩らした思い出し笑いは碧が触れられない領域で、寂しくなってしまう。

「結婚する時、もし子どもができたら、お前が家で子守りして嫁さんはこれまで通り働いてもらえってあちこちから言われた。その発言だけで評価の差は分かるだろ？」

「そんなの、ただの冗談でしょう」

「……籍入れて、その次の異動で政治部に行くことになった。嫁さんは社会部のままだった。ショックだったよ。社会部は、あいつを必要として俺を外にやったって思った」

「そんな……政治部って、いちばんの花形じゃないですか」

「夫婦は同じ部署で働かせないっていうのが不文律で、だから俺は、あいつが、家庭情報とか学芸とか、言い方は悪いけど、本流じゃないところに異動するって思ってた。女だし、結婚したんだし、がむしゃらに男に混じって事件記者やっててどうするってね。だから、自分が居場所を追われたみたいに感じた」

ごねた、と佐伯が言ったのも、それに対して静が何かを言いかけたのも、そういうわけだったのか。同僚としてのふたり。男女としてのふたり。夫婦としてのふたり。西口の癒えないコンプレックス。

「政治部行って、低俗な話、国家の中枢にいる人間にかわいがられると悪い気はしないよな。まだ料亭政治もかろうじて残ってて、密談の場に同席していいって言われたら舞い上がっちゃってさ。派閥同士の間取り持ったりで、いっぱしのジャーナリスト気取りだよ。それで俺は、自分のやっすいプライド必死で守ってた」

同じ本を仲良く読みながら、記者としての劣等感を拭い去れない。愛情と嫉妬《しっと》。虚勢と自己嫌悪。若い、働き盛りの男にとってそれは文字通りに引き裂かれるような痛みだったに違いない。

「格差なんて言葉が流行《はや》るよりずっと前から、あいつは貧困とか福祉の問題に興味持ってた。ホームレスに密着して路上で一週間すごしたこともあった。記事にしたら反響はすごかった。でも俺は怒った。ペンとカメラだけ持って単身野宿なんて女のやる取材じゃないだろって。そしたら、こう言い返すんだよ。『男のあなたがやったら話題にならない。女の私がやるから意味があるの』って。そらもうしたたかだよ。女だからって侮られることすら逆手に取りやがった」

その時、西口の眼差《まなざ》しにいっそう深いかげりが落ちて、すみれを思い出しているのだと分かった。

「嫁さんがいきいき仕事すればするほど、こっちはストレスが溜《た》まった。お前の奥さんすげえなって言われて笑顔作るのも、自立しあったカップル演じるのも限界だった。そこへもってあいつは、会社辞めて政治家になるなんて言い出した。いい加減にしろって怒鳴ったよ。どこまで俺に恥をかかせる気だって。……それで、呆気《あっけ》なく終わった。あっちは迷いもしなかったね。器のちっさい亭主と、一生かけてやりたい仕事、天秤《てんびん》にかけるまでもなかったってことだな……ちょっとごめん」

しゃべりすぎて喉が渇《かわ》いたのか、冷蔵庫からミネラルウォーターのペットボトルを出してやけくそみたいにぐびぐび飲む。

「憎くて憎くて、俺を踏みつけても前に進むのかって悔しくて、殺してやりたいと思う時もあったよ。あんなに好きで、結婚したはずだったのにな」

「好きだったから、でしょう」

「……ああ、そっか」

今気づいたみたいに遠くを見て頷いた。

「あいつが退職して参院選に立候補した後、何の用事だったのかな、本社に寄ったんだよ。

社会部に顔出して、ちょうど電話が鳴ったから、取って――」

西口の手の中で、ペットボトルがべこんとへこむ音がした。

「昔菊池さんに取材されたことがあるんだけど、あの人に投票するにはどうしたらいいんですかっていう、電話だった。住所訊いたら鹿児島で。ああいう人が国会議員になったらきっと世の中はよくなるからって、一生懸命なんだ。おばあさんだった。学校に通えなくてひらがなしか読み書きできないから、今まで気後れして投票に行けなかったって言ってた。いや選挙区っていうのがあってねって電話で説明しながら、どんどん涙出てきて、止まらなかったよ。俺が永田町で政局のゲームに浮かれてる間に、向こうは地に足つけてこつこつ働いて、考えてたんだ。ずっと前から、人間としても記者としても完全に負けてたんだって、そん時やっと身にしみて。泣いたことは今でも笑われるけど、あれですっきりしたな」

ネクタイをぐいぐいゆるめて髪の毛をぐしゃぐしゃ乱した。

「……これでさらす恥もなくなった」

すっきりしたようでも、何かが抜け落ちてしまったようでもあった。この人から、今の仕事が奪われたらどうなってしまうんだろうと、怖かった。でも碧にはどうすることもできなかった。

玄関で靴を履き、最後に「お邪魔しました」と振り返ろうとした時、「碧」と呼ばれた。それでいて、こっちを向くなと言われている気がして、ドアとお見合いしたまま「はい」と答えた。

「──って、呼んでみたかったんだ。下の名前知った時から、ずっと。こないだ、どさくさに紛れて初めて言えて、嬉しかったな」

　白く塗装された扉に、自分の影が膨らんで映り込んでいる。公務員宿舎の扉はもっとクリームがかっている。他人の家だ、ということを今さら強く意識した。碧の、好きな人の家。

　好きな人の声が聞こえる。

「ずっと君を見てた。何でだろう、とても気になって。いつも、黙々と弁当を食べている君の周りだけ音がなくて静かな感じがして、しゃべったらどんな声だろうって思ってた。どんな声で、何をしゃべるんだろうって」

「僕は、」

　ドアに額《ひたい》をつけてつぶやく。ボリュームを上げると、泣いてしまいそうだった。

「僕は、西口さんの声を、いつも聞いていました……」

「それ知ってりゃ、もうちょっとお行儀のいい話したんだけどなあ」

　ほんのすこし、いつもの調子に戻ったのが、胸が詰まるほどせつなかった。

「いいえ。いつだって、どんな話をしている時も、あなたはとてもいきいきしていて、僕は、だから──」

　その結びを待たずに西口は「異動はいいんだ、本当に」と言った。

「サラリーマンだし、仕方ないよ。でも、もう議事堂で、あんなふうに君と会えないと思うのが。いちばんつらい」

我慢できず、振り返ろうとした。どんな反応をされようと、伝えたかった。あなたが好きです。でも。

「……奥さんてどんな人？」

質問に、硬直してしまった。この期《ご》に及んで失念していた。訂正する機会を見送り続けたまま大きく重たくなっていったうそを。つい息を呑み、それを西口はどう取ったか、「ごめん。今のなし」と急にさばさばした口調になった。

「何聞いたってな……ごめん、今のも忘れて。早く帰った方がいいよ」

結局そのまま、西口の部屋を出た。頭の中は虚脱と混乱が同居しているような、へんな有様だった。何もかもがこんがらがってぐちゃぐちゃに渦巻いているが、それはきれいに静止して見える。

終電にはまだ余裕があったが、横着してタクシーで帰った。料理も掃除もアイロンも入浴も億劫《おっくう》で、手も洗わずにパソコンを起ち上げて菊池沙知子の公式サイトをチェックする。

西口の話から近寄りがたくシャープな女性像を思い浮かべていたのだけれど、モニターの中の顔写真はとても地味で、およそ自己主張とは縁のなさそうな印象だった。今時は政治家もポスターやプロフィール写真を芸能人さながらに修正するものだが、素人目で見る限り、彼女の写真には不自然な若々しさや色つやのよさがない。年相応なしわやしみもあって、それが逆に生々しくてどきりとした。しかし加齢を差し引いても、外見だけでいうならすみれに分がある、と考えて、女の容姿を値踏みする卑《いや》しさにすぐ恥ずかしくなった。

活動報告も経歴も至ってシンプルで、でかでかとスローガンを掲げるでもない、そっけないほどのつくり。衆議院と違って解散もなく、任期の長い参院だからあまり派手にアピールする必要はないのだろうか。

国民生活の基盤を安易に政争の具としないためにも、税と社会保障の協議組織を、政治から離れて完全に独立した第三者機関として立ち上げるべきだ、という政策理念をざっと読んで、参院のサイトから沙知子の出席している委員会の動画を再生する。この便利さが、速記者を化石にしてしまうのだと思えば複雑な心境ではあった。

女にしては低いけれど、まろやかで聞き心地がいい声。短いセンテンスではっきりしゃべる。ああ、「お客様」だ、彼女も。目を閉じて耳を傾けていると、腕組みしていても左手が勝手に動きそうになる。淀《よど》みがない。論理が行きつ戻りつしてさまようこともない。「けば取り」をしなくても、発言そのまま議事録にできる、これまで碧が聞いた中でもトップクラスの明晰《めいせき》さだった。

何より、動いてしゃべっている彼女からは、上り調子の政治家だけが持つうねりのようなものが発散されていた。何人もの国会議員を間近に見てきたから、そういう気配には自然と敏感になる。タイミングと運さえ合えば、「副」の肩書きが取れるのも夢物語じゃない。その「風」をつかむのが厄介な戦場ではあるのだけれど。

西口が引け目を感じてしまう気持ちも、分からないではない。嫉妬よりは、なるほど、と納得がいった。

西口はまだ、彼女を忘れていない。未練、とは違うかもしれないが、「負けた」という思いは一生心の中から消えないのだろう。沙知子から見て西口はどんな恋人であり、夫だったのだろうか。

行政府、霞が関に足を踏み入れるのは初めてだった。土曜日だから人通りはまばらだ。議事堂の威容にはすっかり慣れているが、官公庁のいかにもスマートなビル群には何となく物怖じさせられてしまう。副大臣室の控室、というのに入ると病院の待合室みたいに人が並んでいた。二十人は下らない。陳情の列だろうか。全部が全部、筋の通った言い分を持ち込んでくるわけではないだろうし、これだけの人間と会って話を聞くというだけでも大した重労働に違いない。しかも究極的にはカネの問題になってしまうのだから。指定された時間の十五分前に着き、約束から十分を過ぎて「どうぞ」と秘書に促された。

「おはようございます」

中に入るや否や、寝そべれそうに広い執務机の向こうで沙知子はさっと立ち上がった。尊大さのない、気安い動作だった。議員生活の余計なぜい肉をつけていないのがその数秒で察せられた。きっとそういう意味でも賢い人間なのだろう。

「初めまして。名波と申します。先日はお忙しい中無理をお聞きくださりありがとうございました。私事にご配慮頂いた感謝を、どうしても直接申し述べたかったものですから……」

碧はかばんから封筒を取り出した。

「金品を頂くことはできません」

「はい。ですので、礼状を」

「礼状？」

「お時間を頂けなければ秘書の方にお預けしようと思っていました」

別な来客が長引くことも、急用が入ることもあるだろう。一面識もない「元夫の知人」の優先順位など取るに足らない。だからむしろ、すんなり面会がかなった方が意外だった。

「ここで拝見しても？」

「どうぞ」

すっとペーパーナイフを走らせて封を切ると、中を広げて読み始め、最後まで読み終えないうちに肩をふるわせて笑い始めた。何度も推敲《すいこう》したはずだが、盛大な誤字脱字でもやらかしていたかと碧は焦った、が。

「なんて古式ゆかしいお手紙なの。これ、あなたが書いたのよね？」

「はい」

「若い男の子の書く文章じゃないわよ」

「礼状ですから、失礼のないようにと」

「それは分かるんだけど……『右顧左眄《うこさべん》』なんて、私でも使わない」

便せんで、鼻から下を覆ってくすくす笑う。そうすると切れ長の一重まぶたに、意外なかわいらしさが覗いた。

「ごめんなさい、馬鹿にしてるわけじゃないの。ただびっくりして……ああ面白い。どんなお仕事をしてらっしゃるの？」

「衆議院で、速記を」

「ああ、それであの人と知り合いになったのね」

沙知子は便せんを元通りたたんで丁寧な手つきでしまうと、「おじいさまは間に合ったようでよかったわ」と言った。

「はい。本当に、ありがとうございました」

「とんでもない。救急医療体制の不備は行政の手落ちですから。なかなか地域格差や人手不足を解消できないのが現状だけど、今後も精いっぱい努めますので」

深々と頭を下げられて恐縮しきりだった。もうすこしぐらい、何か鼻にかけたところがあってもいいんじゃないかとさえ思える。西口に教えられた予定時間は十五分だったが、早く切り上げるに越したことはないだろう。

「では、これで」

と言いかけると、沙知子が「待って」と引き止めた。

「はい」

革張りの椅子にようやく腰を下ろして、碧をじっと見る。

「意外だったのよ。あなたについて西口から名波さんというお名前以外聞いてなかったから、まさか男の子だとは思わなかった」

「え？」

「真夜中に電話かけてきていきなり『助けてくれ』だもの。てっきり恋人がいて、その彼女のお身内だとばかり」

碧にとっては背筋がひやっとする話題だったが向こうは「勘繰りすぎたかしら」と笑っている。

「あの人が、私に真剣な頼みごとしてくるなんて初めてだったから」

「えっ」

「見栄っ張りだし、頭が古いのよね。女に弱味なんか見せてたまるかっていうタイプ。だから、電話口とはいえ、『すまん。お願いします』なんて言われた時はちょっと耳を疑ったぐらいよ。顔が見られなくて残念」

何とかしてやる、と言い切った西口を思い出した。沙知子は西口にとって、この世でいちばん、依頼したくない相手だったのかもしれない。でも碧のためにそうしてくれた。約束を守ってくれた。

「僕には、そんなことは何も仰《おっしゃ》いませんでした」

「言ったでしょ、見栄っ張りだからって」

「それは違います」

碧は言った。

「見栄っ張りは本当かもしれませんが、でも、それ以上に優しい人だからです。僕に気を遣わせまいとして、詳細を黙っていたんだと思います」

「……知ってるわ」

椅子ごと背中を向けて、沙知子がつぶやく。

「離婚した理由、聞いてる？」

「おおよそのところは」

「立候補した時、私は何百回言ったかしら？『会社も辞めました、理解のない夫も捨てました。退路を断ち、この国の社会保障の拡充と添い遂げる覚悟でこうして皆様の前に立っております――』。今だったら、キャラが立つっていうの？　とにかく何か、心に引っかかるものがなきゃ名前を覚えてもらえない。だから私は全国紙の看板も、出馬が原因で離婚したことも全部利用した。西口は、方々でからかわれたと思うわ。でもただの一度も、私に文句を言わなかった。私が掃除下手で家の中にいつも綿ぼこりが舞ってたのも、『保温』のまま炊飯器を放置してごはんに花畑みたいなかびを生やした事件も黙っていてくれた」

背もたれに遮られた後ろ頭のてっぺんに、おそるおそる尋ねる。

「後悔してらっしゃるんですか」

「ええ」

立ち入りすぎた問いをあっさり肯定してみせる。

「離婚じゃないわ、その前よ。結婚なんてしなきゃよかった。ただ、黙って好きでいればよかったわ。そうしたらあの人を、あんなに傷つけてしまわずにすんだ。結婚しないと得られなかった幸せな時間もあったけど、今でもずっと後悔してるの。顔を合わせれば小学生みたいに口げんかしてる同僚のまま、好きでいればよかった……」

再び、椅子を半回転させて戻ってくると「ふしぎね」とすこし恥ずかしそうに笑った。

「きょう初めて会ったのに、こんな個人的なことまで話してしまうなんて。あなたは、独特の雰囲気がある」

「よく分かりません」

と碧は正直に答えた。

「存在感が薄いせいでしょうか」

「そんなことはないんだけど……そうね、速記者だからかしら」

才能かもよ、と冗談めかして言われたが、使い道はなさそうだ。

部屋を出る時、壁際の大きな書棚がふと目に入った。税制や福祉に関する専門書や六法全書に混じって、丈の低い文庫本がひっそり並んでいる。

「……『ムーン・パレス』」

「あら。オースター、好きなの？」

「いえ、これしか読んだことはありません」

「実は私もなの。若い頃読んで、最近たまたま見かけて買い直したんだけど、面白いわね。昔、好きだと思った場面がそんなに心に響かなかったりもするんだけど、一方で、さらっと流してたところにちいさな発見や感動があるの。年を取るって結構味わい深いわ」

まっすぐに引かれた傍線。碧の知らない沙知子と西口の日々があの本の中には確かに閉じ込められていて、でももう、ここにいるのは、その時の彼女とは違う人間なのだろう。

「じゃあ僕も、十年ぐらい経《た》ったらまた読み返します」

ぜひ、と沙知子は嬉しそうに頷いた。

そこから、まっすぐ大磯に向かう途中で、サイレントモードにしていた携帯に着信があったのに気づく。知らない番号で、メッセージも残っていないから少々ためらったが折り返してみた。

「はい」と出たのは、女の声だ。

「……すみれさん？」

『名波さん。ごめんなさい、西口さんから心配してくださってたと聞いて、無理やり番号教えてもらいました。この通話がすんだら、すぐ消しますから』

「それは別に構いません」

『……あの、私が言うのも何なんですけど、責任感じたりはしないでください、ほんとに』

「大丈夫ですか？」

漠然とした問いかけをすみれは「うーん」と困ったように濁してから、ぽつぽつと話した。件の補佐官と図書館で出会ったのはまったくの偶然だったこと、向こうから誘われて何度か会ううちに、自分の職業を打ち明ける機会をずるずる逃したこと。泊まった日は、相手がひどく酔っ払っていて、床にぶちまけた書類ケースから、見覚えのある総理の筆跡で内閣改造のメモがこぼれて、夢中で携帯のカメラに収めたこと……。淡々とした口調だった。言い訳でも懺悔《ざんげ》でもない。

「これから、どうするんですか」

『親はかんかんですね。会社辞めて実家に戻ってこいって。でも、私は辞めるつもりないです。どこへ行ってどんな仕事することになっても、針のむしろだったとしても。私の落ち度は私の仕事でしか取り戻せないと思うから』

気負いのない、けれどきっぱりとした口調だった。この人は強い、と思った。最初から碧が心配することなんて、何もなかった。月並みだけど心からの「頑張ってください」を伝えた。

『はい。……もう、お会いすることもないかもしれませんけど』

「いいえ。僕はいつか、また会えると信じています」

『え？』

「すみれさんが、いつか、議事堂で取材できるようになる日を待っています。僕は僕の、仕事をしながら」

『……ありがとう』

すこしだけ声を詰まらせながらも、気丈に答えた。

大磯に行くと、松田《まつだ》はひどい咳《せき》をしていた。

「大丈夫ですか」

「ああ、ちょっと風邪を引いたみたいでな。せっかく来てもらったのに申し訳ないが、きょうはちょっと、しゃべるのが難儀だな」

「熱は？　病院には行かれましたか？　ちゃんと食べてますか？　先に言ってくだされば何かお持ちしたのに……」

ついつい矢継ぎ早に尋ねてしまう。

「何か買ってきて作りましょうか」

「心配には及ばんよ。声が出にくいだけなんだ」

「ひどくなったら病院に行く気力もなくなるでしょう。かかりつけの医師はいるんですか？　薬手帳とか、ちゃんとつけてますか？　ご家族に電話だけでもしておいた方が――」

「いらんというのに」

閉口したようすで眉根《まゆね》を寄せる。

「過保護にしてもらう必要はない」

「すみません。祖父のことがあったもので、つい」

「ああ、そうだったな」

すぐにしかめっ面をほどいて「大変だったな」と労《ねぎら》う。

「そうですね、当人は」

「君も色々忙しかったろう」

「いえ……両親も帰ってきましたし、とてもいい病院を紹介して頂いたので」

「そうか」

その後の沈黙に誘われるようにして碧は洩らした。

「以前お話しした新聞記者の方が、伝手《つて》を頼って救急搬送の手配をしてくださったんです。あの人がいてくれなかったら、祖父は助からなかったかもしれません」

「そりゃあ不幸中の幸いだな」

「はい、とてもいい方で……」

「人の縁というのはふしぎなもんだ」

「そうですね、本当に」

「会っちまったばっかりにこうなったと思うことも、会わなかったらどうなってただろうと思うことも、最近はめっきりなくなったがね」

「どうしてですか」

「年だからに決まっとるだろう。残り時間が少ないとあんまり余分なことは考えなくなるよ」

「……そんなことを仰らないでください」

「そういうもんだから仕方がないわな」

いつもよりしわがれた声で笑う姿に、何だか悲しくなった。それで、怒ったように言ってしまう。

「小説がまだ書き上がっていませんよ。結末まで話してくださらないと気になってしまいます」

「おお、そうかそうか。まだまだくたばるわけにはいかんな」

頷いてはくれたが、それこそ孫のわがままをいなすような、どこかふざけた感じがあった。

「僕は本気で言ってるんです。こうして出会えたのもご縁なら、心配もするし、できるお手伝いはしたいし、なるべく長く、お元気でいてほしいと思うのは当たり前じゃないですか」

「うん」

優しげに目を細められる。

「君は、ちょいと臆病なところはあるが、まじめで情の深い、いい青年だ」

「何ですか、唐突に」

「つらいことでもあったかね」

それこそ、唐突な質問だった。何でしょうか、と訊き返そうとしたが、糸のように眇《すが》められた眼差しの奥に見たことのない鋭さがひそんでいるのに気づいた。つめたくも怖くもないが、卵の殻を剝《む》くようにたやすく心を丸裸にしてしまう、光。いつもとは違う意味で、自分が透明になってしまったような気がする。

この人は、何もかも知っている。そんな確信に捕らわれて「僕は」と吐き出す。正座した自分の膝の上に、涙のしみがひとつ広がるのを、どこか他人事のように眺めながら。

「悔しくて……あの人の、西口さんのために、できることが何もない——西口さんは、僕のために、頭を下げてくれたのに。あの人はもうすぐ、いなくなってしまう……」

それ以上言葉は続かず、しばらく泣いた。老人は何も言わなかった。向かい合ってあぐらをかいたまま、慰めたり触れてきたりしないことがありがたかった。自分のしゃくり上げる声と波の音が溶け合って、べそをかきながら眠くなるという妙な状態に陥る。ずっと、あまり眠れていなかったから。

「眠んなさい」

とまた、すべてを見透かした口調で言われて、催眠術にかけられたみたいに船を漕ぎ始める。

「一時間経ったら起こしてやるから」

よろよろと座布団を二つ折りにし、畳に横たわる。礼儀も行儀も、ふしぎなほど頭になかった。まるで実家で、うつらうつらと昼寝をしていた子どもの頃の夏休み。扇風機が「弱」

で回っている。碧ちゃん、と祖母が呼んでいる。

——昼間に寝たら、夜寝られへんで。

ええやないか、寝かしたれ、と祖父が言う。

——すいか、冷やしといたれよ。起きたら切ったろ。

——はいはい。

碧は祖父が倒れて以来、たぶん初めて熟睡した。


「お茶にしよう」

と軽く肩を揺すられた時、身体には毛布が二枚かかっていた。

「はい」

時計を見るときっちり一時間。固い寝床だったにもかかわらず、ひと晩眠ったような充足感があった。

「あの——」

何かを言おうとした碧を無言のまま制して台所に行き、急須と湯呑みを盆に載せて戻ってきた。舌を火傷《やけど》しそうに熱い、そば茶だった。

「おいしいです」

「そいつはよかった」

帰る時、今度はちゃんと小説を進めましょう、と言った。

「早く風邪、治してくださいね」

「分かった分かった」

「……あの、主人公はどうなるんでしょう？」

「何だ、くたばる前に聞いておきたいのか」

「違います。気になってしまって。それだけです」

「君はどうしたらいいと思う」

「どうと言われても……」

「確たる結末があるわけじゃないんだ、実は。だから唯一の読者の意見を聞きたくてな」

「ハッピーエンドなら、総理の椅子に座ったところで終わると思いますが……」

「が？」

「僕の性格が明るくないせいかもしれませんから、あまり真剣に受け取らないでください」

と前置きしてから続ける。

「たとえば、総裁選で終わって、結末が分からないようにするとか、一歩及ばず再起を誓うところで終わった方が印象というか、余韻が残るような気はします」

「なるほど。叶《かな》ってしまった夢はつまらんからね」

「そんなことはありません」

「いや、つまらん。先がないからな。永遠というのは、成就しないことだよ」

「でもそれも、苦しいですね」

そうだな、と笑って老人は家の戸を閉める。遠ざかりながらむしょうに気になって、何度もちいさな一軒家を振り返ってしまった。


夜、ベッドでうとうとしていると、枕元で携帯が鳴って飛び起きた。祖父の件以来、どうしても夜の着信には胸が騒いでしまう。西口からだ。

「はい」

『夜分にすみません、西口です』

いつも冒頭だけ敬語なんだよな、と思う。くせなのだろうか。その、短い他人行儀な口調にもきゅうっとなってしまう。成就しないことが永遠なら、碧はずっとこんな思いをし続けるのだろうか。

『急にへんなこと訊くけど、名波くんさ、俺の話、誰かにした？』

「え？」

『一連のごたごたとか……』

「いいえ」

するわけないでしょう、と言いかけて、昼間の、大磯での会話を思い出した。あれは話したうちに入るのか？

「……あの、心当たりがゼロというわけじゃないんですが」

『詳しく聞かせてくれないか』

「詳しくって……前に話したでしょう。大磯にいるご老人にです」

『小説書いてるっていう？』

「はい」

泣き寝入りのことは伏せて、大まかに打ち明けた。

「すみれさんのことや、プライバシーについては話したつもりがないんですが、何かまずかったのでしょうか。でしたらすみません」

謝ってはみたが、そもそもどうして夜中にこんなことを訊かれるのか分からない。西口に電話の向こうで、はらはらするほど黙り込んでから言う。

『夕方、政治部長から電話があって』

「はい」

『週明けからまた国会に戻れって言われた』

「え？」

『先方と話がついた、とは言うんだが、ふつうに考えてそんなわけはないだろう。執行部も官邸もかんかんだったからな。どういう落としどころですかと訊いたら俺は知らんって言われた。向こうから一方的に言ってきたと』

「それは、誰かが口をきいてくれたということですか？」

西口が沙知子に頼んでくれたようなルートで。

そこなんだよ、と西口は声をひそめた。

『手を差し伸べてくれるような心当たりがまったくない』

「西口さんなら、たくさんいるでしょう」

窮地を救ってくれる政治家ぐらい、と。何でそんなことをふしぎがるのかが碧にはふしぎだった。

『思い当たる顔には確かめたさ、でもみんな外れだった。とぼけてるわけじゃない、それぐらい分かる。大体、見返りもなく一介の記者助けてどうする。俺の、国会での使い道を何か見出したんなら匿名で助け舟出しちゃ意味がない。……それで、まあ、俺の追放を決めたと思《おぼ》しき御仁にぶつけてみた。誰の指図だったのかは教えてくれなかったが、『君、反則じゃないか』って怒られたよ。全然覚えがない、ということは、俺が思ってもない方向から飛んできた弾だ』

「ひょっとすると」

碧はおそるおそる予想を口にした。

「副大臣が……」

ありえない、と一蹴《いっしゅう》された。

『参院だし、何よりあいつは、そういう人間関係のしがらみが大嫌いなんだ。国会議員の友達はひとりもいないって公言してるぐらいだからな』

「でも……」

碧よりは確率が高いと思う。

『仮に、ルートがあったとして、ほいほい動くやつじゃない。自分の責任ぐらい自分で取りなさい、で終わりだよ。この間の君の件とは話が違う』

その、十全に相手を把握した物言いに、碧の知らない時間が透けて見えるようでちくっとしたが、そんな場合じゃない。

「……だからと言って、僕経由という可能性はないでしょう」

『でもこっちもまじでほかに候補がいなくってね。大磯のご老人って何ていう名前？』

「松田さんです。松田弘之《ひろゆき》」

『職業とか、家族構成は？』

「文房具会社にお勤めで、とっくに定年退職されました。奥様とは死別してます。息子さんがひとりいらっしゃって、結婚して名古屋に。お孫さんはいないみたいです」

『なら、今君が言ったプロフィールを客観的に裏づける人間は？』

「え？」

『名前にしろ経歴にしろ、本当かどうか分かんないだろ』

「そんな……松田さんの名前ではがきをやりとりしてました」

『住所さえ合ってりゃ郵便は届く。住民票とか登記簿で確認したか？』

「するわけないでしょう」

不愉快になった。あの老人が碧に対して身分を偽る必要がどこにあるのだ。

「副大臣よりありえない話です」

『どうして』

「あの人とは、議事堂の一般公開の時にたまたま知り合ったんです。政府の関係者なら一般の人に混じってわざわざ来ますか？　見飽きた場所でしょう。もちろんお付きなんていやしなかった。それに、今も一定の発言力をお持ちなら、現役時代は相当活躍されたということになりますよね。僕もそれなりに政治の勉強はさせられたつもりですが、あの人の顔に見覚えはない。そもそも――」

『そもそも？』

「……赤じゅうたんを闊歩《かっぽ》されてた方なら、僕には察しがつくと思います。甚《はなは》だ無根拠で恐縮ですが、議員の方は、バッジをしていなくてもやっぱり違います。年かさの先生ほどそうです」

『いや、信じるよ。君の言うことだから』

じゃあこれにて終了、なのかと思いきや、角度を変えてきた。

『財界関係者かな』

「つつましく暮らされてますよ。この間も、ユニクロには何でもあるって感心してましたから」

『そんな金持ちは珍しくないさ』

新聞記者ってこういうものなんだろうか。食い下がりように軽く呆れた。首がつながった嬉しさより、疑問を追求する方が西口には重要らしかった。

「……僕からお訊きすればいいですか？」

『名前伏せて働きかけてる以上、知らぬ存ぜぬで終わるよ』

「じゃあどうしようもないですね」

『俺のこと、面倒くさいって思ってるだろ』

すこし笑い含みになる。無愛想な返答を反省はしたものの「はい」と正直に言った。

『まあね、自分でも思うけど、気になったらそのままにしておけないんだよ。ひとつだけ、頼めないか』

「何ですか」

『その、松田氏からもらったはがきっていうの、見せてもらえないかな。差し障りのない箇所だけでもいいから。写真撮って送ってくれれば』

「夏みかんの花が咲いたとか、本当にそんなことしか書いてないですよ」

『いいんだ』

「どうしてそこまで松田さんにこだわるんですか？」

『根拠がまったくないってわけじゃないんだよ、これでも』

「どんな？」

『それは言えないな。全然裏取ってないし』

じゃあはがきも渡せません、と突っぱねようかとも思ったが、諦めてくれそうにない勢いだったので大人しく言う通りにした。表裏、両面を携帯のカメラで撮ってメールに添付する。こんな使い方をしようとは。改めて消印や文面を確かめても何ら不審なところはない。いかにも独居老人の手すさび、な雑文だ。

けれど西口の声は、わくわくしていた。分からないもの、に挑む興奮。少年の探検隊みたいな。空振りに終わろうとも、碧にはそれが嬉しかった。

ところが日曜の夕方、西口からまた電話があった。

『今から大磯に行きます。一緒に来る？』

「大磯って……松田さんのお宅ということですか？」

『そう』

「何か分かったんですか」

まあ何かと、と言葉を濁す。

『説明してる時間ないから、来るか来ないかを返事して、可能ならすぐ身支度して出発してほしい。大磯の駅で落ち合おう』

何て勝手な。しかし、大磯まで出向くからには何かが見つかったのだろう。碧もそれが知りたかったので「行きます」と答えてすぐ準備した。

碧より早く大磯駅に着いていた西口は改札外の柱にもたれて軽く手を振った。

「ごめんね」

「何がですか」

「俺、いつも強引だなと思って」

「呼び出してから言うのは卑怯《ひきょう》じゃありませんか」

「それもそうだ」

松田の家へと歩いていく途中も、西口は何ひとつ説明しようとしなかった。まあ、会えばはっきりするのだからと碧も無理に聞き出そうとはしなかった。

松田が、なにがしかの「大物」。やっぱり今でもぴんとこない。きのうの出来事を思えば、洞察の深い人ではあろうと思うが、それが切ったはったの政界で培われたと言われても信じ難かった。そもそも、西口のためというより、話し相手程度でしかない碧のために、どうしてわざわざ便宜をはかる必要がある。

家の前まで来ると、西口は「ちょっとここで待っててくれない？」と言った。

「は？」

さすがに抗議した。

「じゃあ僕は何のためにここまで来たんですか」

「大きい声出すなよ。いや、だからちょっとだって。要は、君がいたら、相手に俺の素性が一瞬でばれちゃうだろ。ちょっと扉の横に隠れててくれればいいんだよ。突貫の取材だったから、裏を取りきれてなくてさ。奇襲作戦しかないいんだ」

「奇襲って……風邪引かれてるんですよ。乱暴なまねはよしてください」

「文字通りに取るなよ、腕力に訴えるって意味じゃない。とにかくちょっと、横にどいてて」


門もなく、そっけない引き戸の入口にはちいさいインターホン、というよりブザーがついている。それを西口はぐいっと押した。きんこん、と軽やかな音が響く。見知らぬ他人の家に押しかけることへのためらいはないらしかった。碧はさっと脇へ逸れる。やがて「はい」と老人の声がする。きのうよりは掠《かす》れていなくてほっとした。

「お休みのところ申し訳ありません」


西口の声は、わざとらしくにこやかだった。

「不動産投資のお話をしにこのへんを回らせて頂いているんですが」


何でそんなうそを？　とっさに西口を見たが、半ば家の中に入り込んでいて、身体の後ろ半分が扉から覗いているだけだった。

「そんな金はないよ」

「それでは名刺だけでも置いていかせてください」

「結構だ」

「そう仰らずに。捨ててくださってても構いませんから」


そこで会話が途切れた。

じっと耳をそばだてていると西口が「やっぱり」とつぶやくのが聞こえた。やっぱり？何が？

「名波くん、もう入っていいよ」

今度は突然召集がかかる。おそるおそる顔を覗かせると、西口の肩越しに見える老人の顔は、ふだんと何も変わらない穏やかさだった。

「上がらせて頂いてもよろしいでしょうか」

西口が尋ねると「好きにしなさい」と答え、碧を見た。

「お茶を淹《い》れてくれんか」

「はい」

何度か借りた、台所に立つ。相変わらず質素で、そろいの湯呑みなんてものはない。2ドアの冷蔵庫、電子レンジと、くすんだタイル。無数の細かい傷でくもったような風合いのステンレス、プラスチックの洗い桶《おけ》。ぶら下がる、信用金庫の名前入りのタオル。見慣れた光景だ。しかし碧は何だかものすごく寂しい気持ちになった。独《ひと》り暮らしの老人なんて昨今いっぱいいるに違いないのに、初めて、松田の孤独が肌に迫ってきた。

緑茶を淹れて和室に行くと、いつもは碧が座る場所に西口が正座していた。

「初めてお目にかかります」

と深々頭を下げる。

「明光新聞社政治部記者の西口と申します。先ほどは大変失礼を致しました」

「まったくだ」

仏頂面だったが、心底腹を立てているわけではなさそうだ。

「ああでもしないと、切り崩せないだろうと思いまして」

そこで碧を指して「彼は何も知らないまま引っ張って来られたので、説明する意味でもお話しさせて頂いてよろしいでしょうか」と言った。松田は黙って湯呑みから立ち昇る湯気を吹いている。

「名波くんから、あなたが書かれているという小説について聞いたことがあります」

西口は構わず話し始めた。

「さる大物政治家の非嫡出子として生まれた男の子が長じて中央政界のトップを目指す――その時僕は、率直に言ってありきたりだなと思いました。しかし、現実にそんな生い立ちの議員がそうそういるわけじゃない。頭の隅に引っかかっていた。調べてみると、ひとりいました。父親は東北の寒村で生まれ、叩き上げから党の要職を歴任するまでになった、大沢頼《おおさわらい》蔵《ぞう》。岩手の主と言われた人物です」

かなり古い名前ではあったが、碧にも聞き覚えがあった。

「大沢は、赤坂の料亭の女将《おかみ》と長年懇意だった。これはまあ、永田町では公然の秘密でした。また別の女性に産ませた息子が、女将の養子として育てられたことも」

書き取った小説のあらすじと、本当にそっくりだった。その息子は長じて政治家を志し、衆院選に出馬する……。

「息子の名前は城崎誠士郎《きのさきせいしろう》。官房副長官に就任した」

「……それが、松田さんの本名なんですか？」

碧は思わず口を挟んだ。松田の語った物語は、半ば自伝だったのか。だからこそ敢えて、結末をどうすればいいのかと碧に尋ねた。

「いや」

西口は首を横に振った。

「城崎誠士郎はもう死んでる」

「え？」

「地方での講演から帰る途中、雪道で車がスリップしてガードレールに激突、即死。官房副長官でキャリアが終わっているのはそのせいだ。未来の総理候補のまま、故人になった。だから君も知らないだろ？」

「でも、それじゃ」

「だって君が言っただろう、松田氏から、いわゆる政治家の匂いはしなかったって。自分を信じろよ」

西口も湯呑みに口をつけて舌を潤《うるお》すと「城崎誠士郎についてですが」と続けた。

「大変才能のある人間だったと、誰に訊いても口を揃《そろ》えて言われました。うちのOBの中にも記憶している者がいましたが、そこに立っているだけで絵になる男だったと。気さくで、駆け出しの記者にも愛想よく話しかけた。もちろん親切心というわけじゃない。今でいう『劇場型政治』のはしりみたいなものだったんでしょうか。進んで新聞に書かせ、時には見出しの文言まで指定した。そして、山びこのように返ってくる世論の動向を常に窺っていた。大沢頼蔵の隠し子という出自を存分に生かして並み居る重鎮たちに食い込みながら、なかなか意見を吸い上げてもらえない若手議員の間にも着々とパイプを作った。そうやって、階段を駆け上がるように出世していった——魅力的な人物ですね。時代が合えば直に取材することができたのにと思うと、非常に残念です」

政治記者としての欲をちらりと覗かせる。

「特異なタレント性を持った政治家にはよくあることですが、城崎誠士郎にも様々な伝説が語られています」

「尾ひれをつけて広めるのは君らだろう」

初めて松田がコメントした。まあそうですね、と西口は苦笑する。

「関係者の間でついたあだ名が『精密機械』。人の顔と肩書きを一度会っただけで覚えたと。話半分に聞いても、彼の記憶力が人脈作りに大きな役割を果たしたことは想像がつきます。覚えられて悪い気のする人間はいない。ですが、僕は違和感を感じました」

もう足が痺れたのだろうか。膝ですこし身じろいで顔をしかめた。きゅうくつな姿勢はこの男には似合わない。

「抜群の嗅覚とスター性、行動力。それと緻密《ちみつ》さがうまく結びついてくれなくて。もちろん両方を兼ね備えた人間もいるでしょうが、城崎氏の元学友に会って訊いても、特に暗記の教科が得意だった印象はないという」

一言皮肉ったほかは、松田は目を閉じて西口の話を聞いていた。じっと傾聴しているようでも、表情の変化を悟られまいとしているようでもあった。

「城崎氏の奥様はまだご存命でした。遺品のノートを見せて頂いたんですが、これがものすごかった」

西口の声はそこで熱を帯びる。

「当時の国会議員のプロフィール、当選回数から政策から好物や口ぐせ、誰と仲が良くて誰と反目し合っているのかまで、詳細に書き込んでありました。今みたいにインターネットで個人が情報発信する時代とは違う。宝の山だ。選挙の情勢分析も、何冊にもわたって書かれていました。夫人はそれらが持ち込まれた時のことを今でも鮮明に覚えてらっしゃいました。ご主人の四十九日を過ぎてから、スーツ姿の男性が持ってきたと。線香の一本上げるでもなく、玄関先で固辞して帰って行った。その時に、このノートを決して安売りせずうまく使ってください、と言い含められたそうです。多くの政治家にとって喉から手が出るほど欲しい情報がそこには詰まっていた。夫人はその助言の意味を理解した」

ノートを欲して詣でてくる政治家から、うまく対価を引っ張ること。

「おかげさまで子どもを大学まで行かせることができたと笑っておられました。城崎氏は行動が派手なぶん政治活動にも金を惜しまず、家計は火の車だったそうですから。ノートを届けた人物はそこまで知っていたことになる——にもかかわらず夫人は彼にまったく見覚えがなかったそうです。おかしな話だ」

死後ひっそりと、形見を届けた男。それが松田なのだろうか。でも、なぜ。いつの間にか碧は息を詰めて聞き入っていた。西口は携帯を取り出す。

「ここに、あなたが名波くんに宛てたはがきの写真があります。……ノートの筆跡と非常によく似ていた。あれは、城崎誠士郎の書いたものじゃない。違いますか」

松田は瞑目《めいもく》したままだった。

「名波くん」

不意に西口が呼んだので、びっくりして変な声が出た。

「はい」

「これ、読んで」

畳の上を滑ってきたのは、裏返しの名刺だった。何かが書いてある。

「……そまとも、ひろゆき？」

いつも見慣れた、衆院式の速記記号だった。五十音をつなげただけのいかにも稚拙《ちせつ》な書きぶりではあったが。

「よかった、合ってたな」

「これ、西口さんが書いたんですか？」

「そう」

「合ってたって、どういうことですか」

「杣友《そまとも》弘之。それがこの人の本当の名前だよ」

と言って松田を見る。老人はようやくうっすら目を開き、「本当も何も」と言った。

「婿に行って名字が変わっただけだ。偽名なんぞ使っとらんよ」

「ああ、では人生のある時点からは名波くんにお話しされた通りだったんでしょうか。あなたのその後まで辿《たど》るには時間が足りなくて」

「どういうことですか」

「奇襲って言っただろ」と西口は答えた。

「この記号をいきなり見せて、どういう反応をするかに賭けた。何が書いてあるのか、明らかに分かる目をされたからビンゴだと思った」

「どうして、速記記号を」

「ノートの余白に、落書きみたいな線がいくつも残ってた。夫人はそれを、万年筆の試し書きだと思っていた。でも俺は、君の速記を見たから、それがただのペン先の遊びじゃないことは分かった。ノートを書いた人間は、少なくとも速記ができた。何式かまでは判別できなかったけど、国会議員と接する機会があるとなると、自《おの》ずから決まってくるだろ」

「じゃあ……」

松田——杣友は。

「何人かの政治家はまだ覚えていましたよ。城崎誠士郎が公設秘書のほかに、国会速記者だった私設秘書を雇っていたと」

「ならどうして、わざわざ僕に口述筆記なんて頼んだんですか」

つい話の本筋とは関係ないことを詰め寄るように尋ねた。ずっと騙《だま》されていた、というのは少なからずショックだった。西口の推測が本当なら、碧の大先輩にあたるのに。

それをやんわり制して西口が話す。

「杣友さん。僕は名波くんから聞いたことがあります。自分は透明人間だと。黒子に徹する速記者は、政治家をいちばん間近に観察する職業だ。しかも目立たず、耳に入った話はすべて書き留められるし、他人には読めない暗号にもなっている。すばらしい人材じゃないでしょうか。あなたは城崎誠士郎の影となって尽くした。観察と分析、記録。精密機械の心臓部でありながら、決して表舞台に立たず。寝食を共にするはずの秘書なのに、夫人もあなたの存在すら知らなかったのがいい証拠だ。うちの社のデータベースを探してもあなたの名前は出てこなかった。城崎氏が死んだ後の、あなたの消息を知る人にも出会えなかった。今回、どういう糸を手繰ってお力添えくださったのか分かりませんが、『反則』と言われるわけですよ。非常に限られた人間の間で、あなたもひとつの伝説だった」

杣友はゆっくりと組んでいた腕をほどき、袂《たもと》を探って煙草《たばこ》に火をつけた。

「言いたいことはそれだけか」

「いいえ、これからです」

西口は座布団から離れると畳に手をついた。

「……この度は本当にありがとうございました。またあそこで取材できることが、正直言ってふるえるほど嬉しい。ご恩に恥じない記事が書けるよう、精進します」

「好きにすりゃいい。わしには関係ない話だ」

投げやりに答えてから碧をまっすぐに見て「すまんかったね」と優しく言った。

「もうあそことは一生縁を切ったつもりだったんだが、ふっと、最後に見ておきたくなってね。気まぐれで一般公開に足を運んでみたら、君がおった。何でかな、速記者はすぐ分かる」

なあ君、と最初に声をかけられた時のことを、思い出した。

「君と交流するのが楽しくて、家にまで来てもらった。小説は、まあ、口実だが、誰かに聞いてもらいたかったんだろうな。老いぼれた証拠だ」

「本にする気は、最初からなかったんですね」

「ああ。今回の件は、じじいの繰り言につき合ってくれた君へのちょっとしたお礼のつもりだった。そこから一日で素性を割られるとは思わんかったよ。記者っちゅうのは、昔っから何でもかんでも大ごとにしたがるからかなわん」

「どうもすみません」

西口は謝ったが、笑顔だった。


外はもう暗かった。杣友は「駅まで送ろう」と言ってついてきた。ためらったが、昔の名前で呼びかける。

「杣友さん」

「うん？」

「秘書に転身したのは速記者の仕事がいやになったからですか？」

「いいや、楽しかったよ。何の不満もなかった」

ひょうひょうと前をゆく老人の、袖から覗くしわがれた手。碧が座る速記者席で、かつてはさらさらと速記記号を綴《つづ》っていた。ふしぎな感じがする。

「何でだろうなあ」

のんびりと杣友はつぶやいた。

「食堂で、めし食っとったら、あいつがいきなり目の前に座ってきた。そして、名前も名乗らず『君、衆院の解散はいつかな』と尋ねてきよった。あまりに突然でつい正直に答えた。ごく近いうちだと。あいつはどうしてそう思うと訊く。わしは更に答えた。総理が答弁をしながらやたらと水を飲みすぎる時は、何かを決意した表れだと。大臣時代からそうだったからな。……今思っても、何であんな余計なことをしゃべっちまったのか分からんが、あいつは目をらんらんと輝かせて――とにかくその時から人生は狂ったな」

駅のホームの灯りを眺めて、懐かしいものに出会ったように何度も瞬《まばた》いた。

「あの、明るいところを見ると思い出すよ。あいつは見栄坊で、通常国会が終わるといつもパーティを開いたもんだ。狭い会場を押さえるのがこつだよ。そうすりゃ人でぎゅうぎゅうになって盛況に見えるからな。金と情報をばらまいて、それ以上の金を吸い上げる。いつまで経っても子どもみたいな男だった。欲しいと思ったものは手に入れんと気がすまなかった。総理の椅子がいちばんでかい駄々だったな」

それを杣友は、叶えてやろうとした。それまでの職業をなげうって。そして夢のまま終わると、夢ごと、自分をなげうってしまった。会ったせいでこうなった、会えなかったらどうなっていただろう、朋友の中でその「縁」はどちらなのか。

「……わしはいつも、あいつの後ろにぴったりくっついて、人が近づいてくるたび名前と肩書きを耳打ちした。知らない人間がいれば、そこらへんで飲んだくれてる記者に訊くんだ。誰もわしに目もくれなかった。それが好都合だった。柱の影の内緒話も、エレベーターの中の独り言も、すべてが貴重だった。ため息のつきかたで機嫌や体調まで分かる」

改札の前で、急にすっと背筋を伸ばして碧を見つめる。

「国会速記者の心得は」

「……いかなる時にも不偏不党、公正中立であれ」

「よろしい――その教えを裏切ったわしの言うことじゃないがね」

厳しい教師のように頷くと数回、肩を叩いた。

「忘れるなよ。踏み外すなよ。時代が君を必要としなくても、速記者としての仕事を全うしなさい。後悔のないように」

「後悔を、しておられますか」

きのうも、こんな質問をしたな。

「ああ」

短く答えて背中を向ける。

「……何であいつをひとりで地方に行かせたのかとね。あの時は、予備選を控えとって……

都下の党員票を取りまとめるよう指示されて、わしは残った。帰ってくる前、電話があって、ラジオはひどい雪だと言っとったから、朝まで待つよう勧めたが、まあ、人の助言を素直に聞くようなやつじゃなかったからな」

声がかすかにわなないたような気がして、碧は思わず近づきかけたが、西口が黙って止めた。

「『どうってことないさ』が口ぐせだった。最期の言葉も『どうってことないさ。すぐ帰る』だった……」

軽く片手を挙げて遠ざかる杣友に碧は「さようなら」と言った。これきり、会うつもりがないのを分かっていた。だから見送ってくれたのだ。来週、あの家に行ってもきっともぬけの殻だろう。かつて、政治の舞台からすっと消えたように。杣友の名前を知っている人間とはもう、会いたくないのだ。

電車の中で、西口は「余計なことをしたのかな」と言った。

「ほじくり返されたくない過去掘っちまって」

「でも、ある意味嬉しかったんじゃないでしょうか。すっきりしたお顔をなさってましたから」

扉にもたれて、なじんだ車窓の景色に目をやる。その中に、半透明の自分と西口がいる。

「初めてお会いした時、僕は食堂でお弁当を食べてました。あの人が通りがかって……『なあ君、それはえらくうまそうだな』と。いかなごのくぎ煮だったんですが、亡くなった奥様の得意料理だったとかで。召し上がって、かみさんの味だと嬉しそうにされました」

「……どっかで聞いたような話だな」

ばつの悪そうな西口に笑う。

「その後、記録部の方に丁寧なお礼状が届いて、文通が始まりました」

「そうか、後輩と交流できて嬉しかっただろうな」

「そうだといいんですが――」

碧には力がなかった。西口を救う力が。

けれど、もし何かができたなら、速記者のルールや公務員のルールを破ってでも、と望んだだろう。手を汚すことになってもこの人を助けたいと。

踏み外すなよ、と最後にもらった教訓を、噛み締める。

「西口さん」

「うん？」

「あの人は――松田さんは、杣友弘之じゃなくなってからも、不幸じゃなかったんですよね。だってご家族の話をする時、いつも笑ってらした。僕に話してくれた人生は偽物なんかじゃなかった。強すぎる輝きに他人の人生を丸ごと巻き込んでしまう政治家はたくさんいます。でもあの人は、負けなかった。ちゃんと楽しいことも嬉しいこともたくさんあった、そう思っていいんですよね」

ひとりで行かせたことを後悔している。それは、一緒に死にたかったという意味だろう。ずっと、後追いの誘惑に捕らわれながら築いた松田の平凡な人生を、赤じゅうたんの陰で才を発揮していた杣友の秘密と同じぐらい尊いと思った。

「うん」

西口は言った。

「きっとそうだ」

「もっと、色んなお話が聞きたかったな。速記の、色んなこと……」

すこしだけ涙が出た。最後の景色を覚えておこうと思うのに、視界がにじむ。窓に額をつけてうつむいていると、西口が碧を隠すようにその後ろに立ってくれた。


東京に近づくと「どうする？」と訊かれた。

「どっかでめしでも食う？」

碧は松田の言葉を思い出す。後悔のないように。後悔のないように。

口の中で唱えてから言った。

「僕の家で食べませんか」

「いやだ。君んちなんて行きたくない」

　一瞬で断られた。

「西口さん」

「何でそんな傷ついたみたいな顔してんの。俺だろ、それは」

「傷ついた顔なんかしてません」

「じゃあ泣きそうな顔だ。……もう分かってんだろ？　これで単に鈍感なだけっていうんなら ひどい話だ」

　まだ車内なので、至近距離からぼそぼそ発せられる非難は声というより不規則な息で、頬にかかると熱い鳥肌の立つような、奇妙な感じだった。

「そういうつもりじゃなくて」

　まともに見上げると、西口がぐっと怯《ひる》むのが分かった。

「お願いします。来てくださったらすぐ分かることなので」

「何が」

「だから来てください」

　碧は繰り返す。

「西口さんだって、何も言わずに僕を呼び出したんだからおあいこでしょう」

「……分かったよ」

西口は観念したように天井を仰いだ。おうちまであと少し。

どうぞ、とドアを開けると、玄関を見てまず、西口はちょっと変な顔をした。置いてあるのは、仕事用の革靴が一足きり。外出用は今履いている。女物が一足も出ていないのを意外に思ったのだろう。しかし何かを言われる前に「手を洗ってください。洗面所はあっちです」とてきぱき命じた。

「タオルは、洗面所の横の棚に新しいのがあります。お茶か何か、飲まれますか?」

「いや……」

押され気味の西口を放置して台所でざぶざぶ手を洗うと引き出しの奥にしまい込んでいた文庫本を引っ張り出し、ローテーブルの上に置いた。深呼吸をひとつ。上着を脱いで、腕まくりした。冷蔵庫の在庫でできるもの、の算段を始める。豚ひき肉がすこし、れんこんを刻んで混ぜて増やせばハンバーグができる。玉ねぎとかぶと桜えびでサラダ、車麩《くるまぶ》としいたけを戻して煮て、みそ汁はわかめと白ねぎ、空心菜があったから、あれも炒《いた》めてしまおうか……。

「名波くん」

「上着はそこのコート掛けにどうぞ」

「はい——いや、あのさ」

「適当に座っててください。テレビをご覧になるならどうぞ。あとそこに、借りてた本置いてます」

返事を待たず、料理の下ごしらえに取りかかる。西口はそれ以上何も言ってこず、NHKの夜ニュースを見ているらしかった。対面式キッチンじゃないから姿は見えない。

肉を焼いている間にそっと窺うと、ニュースに大したネタがないのか、「ムーン・パレス」を手に取ってぱらぱらめくり始める。すぐにぎょっとしていたのは、自分（と妻）が残した痕跡に気づいたのだろう。すぐに閉じて両手で頭を抱えている。やっぱり覚えてないのか、と軽く呆れて、「あちゃー」という声が聞こえてきそうな仕草に楽しくなった。周到かと思えばこんなふうに抜けていて、でもびっくりするほどクールで回転の速い一面もあって。大人と子どもが互い違いに嚙み合ったような男。

でき上がった料理を次々皿に移してテーブルに運ぶと、西口は「魔法みたい」と台所を見やる。

「何がですか」

「いや、めしができると同時に、フライパンとか片づいてるから」

「どうせ食器も洗わなきゃいけないんですけど、まあ自己満足みたいなもので。あとは慣れですね」

「慣れ……」

「はい」

「名波くん」

「はい」

「お邪魔した瞬間から思ってたんだけど、この家、一切女の人の影がないよね」

すぐ視線も行き止まる、壁や天井を見回す。

「ひょっとしたら出産里帰りかとって思ったけど、それにしたって……ていうか、失礼な話、シングルベッドがひとつだし」

「ごめんなさい」

碧は西口と夕飯に深く頭を下げた。手を動かしている時にはそうでもなかったのに、今になって心臓がばくばくしてきた。

「結婚してるって、うそです」

「は？」

「西口さんが、お弁当見て誤解して……いえ、責任逃れしようっていうわけじゃなくて。それを解けないままずるずると……本当はひとり暮らしでずっと自炊してます」

「……何で？」

西口が眉をひそめて言う。

「発端が俺の勘違いだったのは分かったよ。自分が料理しないもんだから、まさか男が、あいう、おふくろの味的にきちんとした弁当作るって発想に至らなくて……でもその場で訂正してくれりゃすんだ話じゃないか」

「恥ずかしくて……自分がすごくちまちましてる感じがして……それで話合わせてるうちに引き返せなくなったというか……」

ごめんなさい、とさっきよりはずいぶんちいさい声でもう一度謝ると、西口は「何だそりゃ……」とフローリングに横たわってしまった。

「西口さん」

「すげえ悩んだんだけど、俺……離婚してから初めて本気でときめいた相手が男のうえに既婚者かよって。一生恋愛なんかするなっていう神様の思し召しかと」

「僕は、西口さんが今でも副大臣のことを想ってらっしゃるのかと思って苦しかったです」

「想ってるわけないだろ……いや、今でも意識してるのはほんとだけどそういう意味じゃなくってさ……あの人は俺にとって、永遠に頭の上がらない学級委員長みたいなもんだよ」

永遠。

「それがうらやましいんです」

「えー。よく分からんけど……」

今度はばね仕掛けみたいに、腹筋だけでいきなり起き上がるからびっくりした。

「名波くん」

「はい」

「好きだよ」

「……はい。僕も好きです」

「俺、君より十八も年上だけど、それでももし君が、同じぐらいの年の男でも女でも、浮気するようなことがあったら、ああ俺おっさんだしなって諦めずに全力で怒るけど、いい？」

「僕もそうします」

「うん」

西口はびっくりするぐらい幼い顔で笑った。好きが過ぎると、泣きたさを催させるものだとは知らなかった。これから先の人生、この人の身の上に一秒でもつらいことなんて降りかかりませんように、そのためなら自分は何でもできます、と思った。信仰のあるなしじゃなくて、何かあてどのないものに、感謝し、祈りたくなる。

ありがとう。ありがとう。どうか、どうか。この人が欲しい、と思っていた。眼差しや手や、声以外のものが。今は与えたいと思う。雨や陽射《ひざ》しのように、西口が当たり前に受け取ってくれる何かを。

「今まで生きてきた中できょうがいちばん幸せ」

笑顔のままの無邪気さで、言う。

「小学生みたいな感想かもしれんけど。諦めなきゃいけないって思ってたものが、ひとつは取り戻せて、もうひとつは手に入ったんだ。……ありがとう。本当にありがとう。君に比べりゃ少ない残り時間だけど、大事にする。俺と、いい恋人同士になろう」

ぎゅっと手を握られて、碧も、人生最良の日だと思った。悲しい別れにだって、大切なことを教えてもらったから。

「お礼を言うのは僕の方です。西口さんが助けに入ってくださった時から、本当に、僕の人生は変わりました。色々見て、色々考える機会をもらいました。僕は、西口さんに出会えてよかった」

「そうか」

「はい」

「じゃあ、堅苦しい話はここまでで」

「はい」

気を取り直して食事を始めるのかと思いきや、いきなり床に押し倒されて垂直に西口を見上げる体勢になる。

「……西口さん？」

「やらせて」

「え？」

「ああ、ごめん。俺切羽詰まるとつい物言いが無神経になるんだわ」

西口は真顔で言い直した。

「やろう」

「同じですよ」

脚の上にがっちり体重をかけられて身動きが取れない。それでも何とか両腕を突っ張ろうと力を込めた。

「ちょっと待ってください、早すぎます」

「いいや早くない、俺のこれまでの精神的苦痛を考えたらきょうあれとかそれとかまで要求したいぐらいだ」

「あれとかそれって何ですか！」

西口の目つきが至って真剣、というか思い詰めていて怖い。

「食べてから、せめて食べてからにしましょう。冷めちゃうんで」

「先にこっちから食う」

「何言ってるんですか……」

「正直言うと、今満腹したらすぐオチる。ゆうべほとんど寝てないから」

「寝ればいいじゃないですか。僕は逃げませんし、ごはんと違って冷めもしないんです」

「今したい。疲れてるし腹減ってるしむらむらしてて、でも俺の中で優先順位つけるなら性欲がトップバッター」

「その状況ならふつういちばん最後ですよ」

「身体の一部はまだまだ若いってことで、評価して」

「僕はそういう冗談が好きではありません」

「冗談なわけあるか」

肩を押し上げていた両手を逆に取られ、顔の横に張りつけられた。

「痛いです」

「うそつけ」

そう、こんな時なのに、西口が左手にだけは負荷をかけてこないことが分かってしまう。碧の仕事道具だから。近づいてくる唇に、顔をそむけることができない。

「碧」

互いの息が触れ合う距離で名前を呼ばれると、指先から力が抜けていってしまう。

「好きだ」

「……ずるくありませんか」

「うん、ごめん」

ずるいくせに、初めてみたいにおずおず触れてきた。碧が応《こた》えて開くと、そろそろと舌が。いやがればすぐにぴっと引っ込められそうだった。こういう、強引なのか臆病なのか分からないところも、年かさの男の計算なんだろうか。

それでも、徐々に口内での遊びは大胆になっていく。もっと舌が長かったらいいのにと思った。もっとあなたの歯列の奥まで、喉の入口までを探れたらいいのに。西口も同じもどかしさを感じながら絡めてきているのを感じた。百の言葉より雄弁な戯れ。何をされてもいいと融解していく思考。

「ん――ぁふ、ん……」

隙間《すきま》ができれば吐息と声が洩れ、それをまた呑み込むようにふさがれる。こんなに噛んだり舐めたりされて、きっと唇も舌も歯も、飴玉《あめだま》みたいにひと回りちいさくなってしまう。痺れて口がきけないかと心配だったけれど、かろうじてしゃべれた。

「もう――」

「ベッド、に」

「俺とセックスする？」

「します――セックス、する……」

「やべえ、かわいい」

またべたべたにキス。

皿にラップを着せて一式を避難させる猶予と、服を脱ぐ猶予はかろうじて与えられた。

狭いベッドに重なると西口は「スプリング壊れないかな」と結構本気で危惧《きぐ》し出す。

「うちにきたらお誂《あつら》え向きのがあるのに。次は、俺んちのベッド活用しような」

提案してから、購入に至った経緯を思い起こしたのか心配そうに「いや？」と碧を窺った。

「気になるんなら処分するよ」

いいです、と首を横に振る。

「もったいない」

「そういう問題じゃないだろ」

「……あそこで、何度もして、いい思い出で上塗りする方が建設的です」

「わあ」

碧の鎖骨の下に額をつけて「あんまり俺を喜ばせるなよ」とささやく。

「幸せすぎて怖い。後は転がり落ちるだけかって思っちゃう」

決してポジティブな性格じゃないんだな、とこういう場面で分かる。

「転がる時も、一緒にいます」

きゅっと両腕で頭を抱えると「泣きそうだ」と掠れた声で洩らした。

「これ以上感動すると、煩悩《ぼんのう》が浄化されちゃうから」

手が、存在そのものを確かめるように碧の輪郭をなぞり、その都度、自分の身体がばらばらにほどけては再構成されていくような気がした。心で誰かを好きになる過程と同じだ。ぎゅっと目を閉じる。怖いのに、この先に何が待っているのかを知りたい。

「あっ……」

乳首をこするように通り過ぎた手が碧の声にまた引き返してきて、もっと繊細で自在な指先が愛撫の続きを引き受ける。

「ん……んっ、あぁ」

正座の痺れが切れる感覚をもっと弱く、ずっと甘くした疼《うず》きがちいさなそこを尖らせる。

「いや——」

自覚して恥ずかしくなるのと同時に口唇に含まれた。

「っ、あ、や」

ぬるみをまとったものと接するだけでどうしてこんなに性感はなまめかしくみだらになるのか。上下に弾《はじ》くように舌先が動き、きつく吸われた瞬間、そこに全身持って行かれるみたいに腰が浮いて喘《あえ》ぎは大きくなった。

「あっ……！」

そのまま、脇腹《わきばら》や脚の付け根をてんてんと辿った唇が碧の下肢《かし》を探る。もう熱を孕《はら》んでいた。最初はかたちを支えるように手を添えて舐め上げ、それから一息に粘膜でくるんでしまう。

「や！　やっ、ん――っ」

一瞬でいってしまうかと思った。ひょっとするとこれが「あれ」とか「それ」なのかと、呼吸を整えながら訊いてみたら「まさか」と半端に興奮をくわえたまま笑うからたまらなかった。

「いや……っ、そ、そんなとこでしゃべらないでください、あ、あっ……」

「シンプルでスタンダードなプランだろ、これは」

脚の間に西口の頭があって、脚の間を口で施して、脚の間からいやらしい音を立てて。昂《たか》ぶりを覆う唾液《だえき》が一瞬で蒸発しないのがふしぎなほど、頭も身体も熱い。

「あ、ぁ……西口さん――いや、もう……っ」

初めてされる、なめらかな口淫《こういん》は刺激が強すぎた。ひとりでする時みたいな微調整はきかない。手加減なくいかされてしまいそうなのが怖い。いや、と繰り返しているのに、西口はインターバルなく全長をねぶり、くびれをつつき、ごくささやかな放出のくぼみをこじって碧をいじめた。

「や――あ、あの、これ、終わる時って、」

「このまま出せよ」

「いやです……っ」

「だって、もし君が俺にこれして、口ん中でいかれたら？」

「……別にいいと思います」

味とか舌触りは未知数だけど。

「ほら、それと一緒だよ」

「え、でも、やっぱり、何か違うと思います――あ、やだっ！」

大腿の裏から、足をぐるりと一周するように腕で抱え込まれ、拘束されたまま生温かい手管に身悶《みもだ》えた。鼓動の一回ごとに目盛りを駆け上がっていく性感は、どんなに理性で抑えつけてもより高いところへ行こうとするのだった。

「あっ――あぁ、あっ……！」

促すように根元を上下にこすられ、生理の強烈な衝動をいよいよ我慢できなくなってきた。西口の指の下で脚が引きつる。

「やっ、いや、あ、ごめん、なさい……っ」

頭のてっぺんまで、精液の奔《はし》る管が通った気がした。身体の芯を貫かれるような、強烈な射精感だった。

「碧」

西口が伸び上がって汗で張りつく前髪をかきあげてくれたが、とても目を合わせられなかった。顔をそむけて、激しい興奮の余韻で大きく揺れている自分の肩を、他人のパーツみたいに眺めていると、再びくわえられた。さっきと同じ行為なのに、出したばかりの性器にはびりびりととげのある刺激。

「いやっ……！　や、もう……っ」

「じっとしてて」

「だ、って……あっ……」

ぬる、と指先が、性器のさらに下の狭い皮膚をなぞった。さらされる機会のないすべらかなポイントに、ぬるぬるとなすられる。

「あっ、ん」

むずむずくすぐったい蟻走《ぎそう》感が、なぜか碧の奥にまた、ちいさな火をつける。とろ、と西口の唾液なのか自分がこぼしたものか、体液が伝う感覚に腰全体がぞくぞく騒ぐ。

そしてとうとうその奥の、いちばんひそやかなところに許してしまう。周辺がもうぬるぬると潤っていたから、痛い、というほどの痛みはなかった。

「ん、ぅ——んっ……」

指一本、潜り込ませると西口は柔軟さを試すようになかを探り、その時は鈍い違和感があった。

「ごめんな、慣らさないと入んないから」

「あ……」

口腔の粘膜で鈴口を優しくこすられれば意識はそちらに向かう。一緒に体内をまさぐられ、交互に、同時に翻弄《ほんろう》されるうち、どちらで感じているのか判然としない。錯覚をすりこまれたようでもあるが、息の合間に二本、三本と増やされた異物に内壁がやわらかく懐くのは自覚できた。

「ああっ……あ、あ」

じょじょに拡《ひろ》げられていった口から一息に引き抜かれると寒気に似た発情が内臓までふるりとわななかせる。何ともいえない、せつない快感だった。そこに熱いかたまりが侵入してくる。

「碧……」

「あぁ——ん、んん……っ！」

苦しい。でも心は気持ちよかった。好きな人とセックスしている。苦しいからいっそう満ち足りているのかもしれなかった。西口さんだったらいい。西口さんだからいい。

「んっ……」

性器の交接だけでは足りないように激しく唇を奪われ、碧も背中にすがりついて応える。自分の内側で脈打つ西口の身体をふしぎに思う。でもそれは碧の心臓としっくりなじむ。命をすこし、交換したみたいだと思った。

くちづけたまま、慎重に腰を揺らされる。絡み合う舌の隙間からくぐもった官能をこぼすと、西口は息継ぎをするように顔を上げ、熱心に動き始めた。

「あっ！　や、あ、ああ」

同時に、先端を濡《ぬ》らしていた昂ぶりを握られ、扱《しご》かれると男のかたちをいっそうリアルに感じる。締めつけてる、と肉体で思い知る貪欲《どんよく》に頭を打ち振ったけれど許してはもらえなかった。ベッドは西口の興奮に呼応するように軋《きし》み、揺れた。なのに耳について全身にまとわりつくのは、交わりの、肉と肉のみだらな音だった。羞恥《しゅうち》は端から快楽に変化する。

「碧、気持ちいいよ、最高……」

「ああ、っ、あ、西口さん――っ」

「ん？」

汗の粒を光らせながら西口が答える。それを舐め取りたくて仕方がなかった。

「もっと――キスしてたいです」

首に腕を回して求めると、一瞬びっくりして、それからしかめるように笑って叶えてくれた。律動でほどけてしまうけれど、また、何度も。

「あ――いきそう……いいか？」

「んっ……あ、」

何度も頷いて、自分からも腰を揺らしてねだった。お互いの、いちばん気持ちいいところで放てるように。

「ああ、あ、ああ……っ！」

西口の鼓動が、思い切り膨らんで弾けて、碧のなかをおびただしい熱で浸した。それは性器にも伝わって、もう一度碧を押し上げる。

満足したものが身体のなかから出ていく感覚は、喪失と妙な恨めしさみたいなものを碧に起こさせる。あんなにぴったりひとつで、同じで、過不足なかったパーツが抜け落ちてしまう、離れていく、ひどい……そんな気持ちだ。

でも「大丈夫か？」と覗き込まれたらすぐ正気に戻り「すみません、シャワー先に使わせてください」と浴室に逃げ込んだ。性欲のフィルターがかかっていない状態だと、自分の裸が西口の目にどう映るのか、たちまち不安になった。

水流を手に受けて、適温になるのを待っているとすりガラス越しに「俺も入っていい？」と尋ねられた。

「駄目です」と即座に拒否する。シャワーの音に負けないように声を張り上げて。

「十分——五分で出ますから」

「いや、早く洗いたいっていう意味じゃなくて」

「ならもっと駄目です」

「突入したらどうする？」

黙って鍵をかけると「ひでえ」と西口の手のひらが外からべたっと張りついてきた。

「……でも、こうしてぼんやり見えてんのもやらしいな。モザイクみたいで」

効果はないと分かっていても、扉にびしゃっと湯を放たずにはいられなかった。


そんなふうに落ち着かない、手短な入浴の後でやっと夕食が再開される。西口は何に箸《はし》をつけても「うまい」を連呼した。

「西口さん」

「うん？」

「お願いがあるんです」

「え、なに、改まって」

にわかに居住まいを正す。軽い、でも本気の緊張が伝わってきて、碧は思わず笑った。この人、ほんとに僕のこと好きみたいだ、とその時ようやく腑に落ちたような気がした。さっきまでセックスしていたというのに。

「何で笑うの」

「大したことじゃないんです。僕は、西口さんがものを食べている姿がとてもいいと思うんですが、ひとつだけ。仕事を離れて、僕とふたりで食事をする時は、三十回噛んでほしいんです」

西口に限ったことじゃなく、記者はみんな食べるのが早かった。いつでも待機状態だからそれは仕方がない。

「何だそんなことか」

「さっさと食べるくせがついてる人には難しいと思いますよ」

「できるできる、俺、基本的にはゆっくり時間をかけて味わいたい派だから」

「そうなんですか？」

「でも、時々がっついても許して」

「……食事の話ですよ」

「うんうん」

ほかに何がある？　しれっととぼける男は、本当に油断がならない。

地下通路から速記者席に向かう。いい天気だ。本会議場の天井のステンドグラスを透かして、さんさんと陽光が降り注いでいる。のどかさには似つかわしくない殺伐とした一幕がこれから始まるのだけれど。

ふと、首を巡らせて、すこしだけ議場の後方を仰ぎ見た。記者席にぎっしり陣取る顔ぶれから、たったひとりを見つける。こんなに離れているのに、目が合ったと分かる。笑みがこぼれかけたが、慌てて引き締める。

ここからは、黒子の仕事。

タイマーを押す。左手を動かし始める。

午後一時二十分開議、議長　これより会議を開きます――。

アフターグラフィカ

遅くなるから先に寝てて、とメールする。程なくして、分かりました、ゆっくり楽しんでくださいと返信があった。「あまり飲みすぎないように」と一言も忘れずに。そのやりとりだけで安上がりな幸福感に浸《ひた》れるという、自分でもちょっとどうかと思う四十代だ。年甲斐《としがい》のなさ、を体現している自信がある。

働き出してから帰宅時間を気にしたことなどなかった。酒を飲むのも女と戯《たわむ》れるのも半《なか》ば仕事の延長、という場面ばかりだったから。若い時分はそれが原因で振ったり振られたり。「私と仕事、どっちが大事なの？」というパターンに何度はまり込んだか。

結婚相手は同業なだけにそういった事情を理解してくれていたが、それはイコール「お互い様」ということでもあった。すれ違いの日々でもせめて互いのスケジュールぐらいは把握しておこうと、ホワイトボードに予定を書き合うルールを設定したら家にいても会社みたいでちっとも休まらなくなった。

ある朝、くたくたになって数日ぶりの帰宅を果たしたらボードには「○○組本部一斉捜索取材（戻り未定）」と書いてあった。しらじらとした夜明けの光が白板をまぶしく照らし、マーカーの黒インクはつやつやと何だか誇らしげに見えたのを覚えている。あの瞬間は、本当にどっと疲れた。何だそりゃ、と自分のしなびたつぶやきだけが耳に響いて空しかった。

不在のお互い様は構わなかった。理由が仕事、というのがいやだったのだ。エステでもネイルでもジムでもカルチャースクールでもお高いランチでも、とにかく「女の予定」であってくれよ、と思った。度量の小ささに気づかず結婚なんてしてしまうとこうなる。鉄の女が家庭ではマシュマロになってくれるだなんて、都合のいい幻想だ。

俺はほんとにバカだった。

思い出すことさえ拒んでいたのに、今になってかさぶたも消えた古傷をついついほじくりしみじみしてしまう。

「西口《にしぐち》さんグラス空いてるじゃないすかー」

ビールびんの口が不意に突き出された。

「ああ——……すみれは？」

「あっちで飲んでますよ」

と指差した方向を見れば、スーツの群れの間に一段低い頭が、ようやっと見える。

「呼んできましょうか？」

「いいよ。別に用事があるわけじゃない」

土曜の夜、という非常に真っ当な、サラリーマンらしい時間の宴会だった。土日は国会も動かないとはいえ都合がついたのは部内の半分強程度で、それでもこうして集まる機会はすみれにとって最後だから邪魔をしたくなかった。

「西口さん」

隣に腰を下ろした後輩が意味ありげな目配せをよこす。

「何だよ」

「そろそろ教えてくれてもいいんじゃないですか。どうやって首の皮つなげたんですか？」

「その質問、お前で二十人目ぐらいだよ」

「はぐらかさないでくださいよ。まじ気になるんすけど」

そりゃそうだ、俺もだったもん。

「じゃあ名前挙げてきますね。東雲《しののめ》、木川田《きかわだ》、磯谷《いそや》、林原《はやしばら》……」

政権中枢からかつてのキングメーカー、若手の急上昇株まで政治家の名前を列挙されたが、西口の苦笑はびくともしない。ポーカーフェイスじゃなくて知らないからね、ほんとに。

「んなもん詮索してどうすんだ」

記者には愚問だと分かっている。知りたいから知りたいのだ。理屈のつけようは色々あるけれど、結局はそれに尽きる。

「西口さんにそんな強力な後見人がいるんなら、政界進出も近いなと思って」

「しねえよ」

「皆で出ましょうよ、政治部十人ぐらいで、勝てそうな選挙区に落下傘《らっかさん》で。そしたら半分ぐらいは通るでしょ。政党作って政党交付金がもらえますよ。一億一億」

「余裕で足が出るだろ」

出馬して選挙運動をするだけで二千万、政党を旗揚げしたければひとり一億拠出、が相場だ。

「そもそも、何訴えて立候補すんだよ」

「一夫多妻制と自主規制撲滅から始めましょうか。政党名は大性欲賛会で」

「アホ」

そろそろ中締めしまーす、と幹事が声を張り上げた。

「えーそれでは、この度東京本社より高知支局へ異動されることになった佐藤《さとう》すみれさんに、吉岡《よしおか》政治部長よりはなむけの言葉をちょうだいしたいと思います」

部長が立ち上がり、わざとらしいしかめ面をつくって咳払《せきばら》いする。

「佐藤くんは、我が社の政治部における稀有《けう》な人材でした」

重々しく切り出してからにやりと頬《ほお》を緩《ゆる》める。

「女性記者を登用するようになってからもう何年になるでしょうか、一度もセクハラの訴えを上げてこなかったのは佐藤くんぐらいのものです。これは肝《きも》の据《す》わった女がきた、と思ったら、何とセクハラをされた事実そのものがないという！　こんなにも見境いのない男どもに囲まれて一度も貞操の危機に陥《おちい》らなかったという事態を、私は上司として大変憂慮しておりました」

全員爆笑した。もちろん、すみれも。

「それがまあ、この程は大物を一本釣りしたということで、ややこしく話が広がりましたが個人的には大変あっぱれだなと思っております。今後の一層のご発展をお祈り致します。以上！」

「では佐藤さん、どうぞ」

マイクと花束を受け取ったすみれは、一言、「とりあえず高知支局長から釣り上げます」と宣言し、拍手喝采にガッツポーズで応《こた》えた。過ぎたことは過ぎたこととして「ネタにしちまえ、とりあえず」という気風は良し悪しに違いないが、西口は嫌いじゃなかった。腫《は》れ物に触るみたいに、体裁だけの送別会でお茶を濁したって誰も楽しくないし、すみれの口から懺悔《ざんげ》なんて聞きたくないのだ。それを汲《く》んで自分から笑い飛ばしてみせた彼女は、西口にとって愛すべき仲間だった。それ以上にはならないが、何が起ころうとそれ以下にもならない。

二次会の店に移動する途中で、すみれと並んで「例の補佐官とはどうなった」と尋ねた。すみれは花束の色彩に鼻先を埋《うず》めてから「結婚しようって言われました」と答える。その割には浮かない顔だ。

「私のせいで閑職に回されることになったのに……恨んでない、今でも好きだって」

重要書類抱えたまま素性のあやふやな人間の前で泥酔するような脇の甘さじゃ、いずれ何らかの問題は起こしていただろうというのが西口の観測ではあるが、それですみれを慰められるわけでもないから黙っていた。代わりに「好事家《こうずか》だな」といつもの軽口に落としてしまう。

「言うと思いました、そういうこと」

「結婚すんの？」

「しません」

「何で」

「ありえないでしょ」

「何があったっておかしくないから面白いんだろ、人の縁っていうのは」

「そうなのかなー。でも、何ていうんでしょうね、こう……そんなに私のこと好きなの？　って思うと引いちゃう。どこがそんなにいいの？　見る目ないんだなあって」

「そりゃ向こうじゃなくてお前の問題だろ」

「そうなんですけど……」

西口さんの気持ちが何となく分かりました、とつぶやいた。西口ははは、と短く笑う。

「ほんとに縁があるなら、五年後とか十年後にまた会えるかもしれないし。とりあえず、時間と距離を置いて、しかるべきタイミングでお互いにひとりだったら考えましょうって言いました」

「生殺しかよ、気の毒に」

俺の言うことじゃないか。

「お断りしても折れないいんですもん」

「大体、そんな悠長に構えてるとあっという間におばちゃんになるぞ」

「いいんです。……誰を好きになるにしろ、仕事辞めてついてくとかは絶対ないですし」

固すぎるほどの決意がこもった瞳を見て、ちょっとため息をつきたくなった。そう遠くない将来、サッチャー二世が誕生しそうだ。

「すみれ」

「はい？」

呼びかけに普段と違う気配を一瞬で認めてぴっと顔を上げる。猫みたいだ。いつも西口を見て、西口の声に耳をそばだてていたから。それを負担に感じる時もあったけれど。

「俺、好きな人ができた」

すみれはわずかに目を瞠《みは》ったが、何も言わずに次の言葉を待っている。

「お前には話しとくのが筋かと思った」

「……それってもう、ちゃんとおつき合いしてるって意味ですよね」

「ああ」

「結婚するんですか？」

「……いいや」

「ふうん」

夜の繁華街は人間とネオンのジャングルだ。呼び込みや酔客の歓声がスコール。お店お決まりですか、今なら生中百円でーす、お座敷空いてますよ……行く手に次々突き出される看板やチラシを、枝を払うようにして防ぎながら歩く。

「それ、持ってやろうか」

花束を指す。

「いいです。西口さんにはお花なんて似合わないでしょ」

「ひでーな」

「……だから、西口さんがこれをもらうようなことにはならなくてよかった」

「もういいよ、その話は」

「西口さんの好きな人ってどんな人ですか」

「何だよ、そっちに戻んのかよ」

「だって……」

別にいやがらせしようなんて思ってないですよ、とすみれが至って真剣に訴えるから、吹き出してしまう。

「そんな心配しねえよ」

「社内の人、知ってるんですか？」

「言ってない。今、お前に打ち明けたのが初めてだ」

花びらがくすぐったかったのか、花粉のせいか、くしゃみをひとつして「ありがとうございます」と言った。

「そしておめでとうございます——ていうのも変ですね、何か」

「うん」

「……ひょっとして、私の知ってる人ですか？」

ふと、枯れ葉がひらめくような問いが核心に刺さる。女の勘ってこえーな、と内心で舌を巻く。ほとんどお告げみたいなものだ。もっとも本人にはそういう意識がないから、すぐに「なわけないか」と流してしまう。そのままにもできた。しかし西口は腹を括《くく》った。

「お前、今みたいに、ぱっと、そうかも、これかもって気になったことは、大事にしろ。ばかばかしくても、ありえないと思っても、後々、その時の発見がすげえ大きい意味持ってたりするんだ。いい記者はみんな、そういうのを取りこぼさないもんだよ」

「何で急に仕事の話なんですか」

「いい機会だからだよ」

「えーっと、つまり、さっきの私の質問にはイエスだってことですね？」

「おう」

短い信号で立ち止まる。そして、青になるのを待たずに自分から切り出した。

「……名波《ななみ》くん」

「この期《ご》に及んで冗談言ってると張り倒しますよ」

「悪ふざけで言うかよ」

じっと、すみれの凝視に地蔵のように耐えていると信号が変わった。後ろの人波に押し出されて歩き出してもすみれは瞬《まばた》きひとつせず、渡り終えてからやっと「分かりました」とつぶやいた。

「何が」

「うそじゃないことが、です。そんなに、みるみる赤面する西口さんを初めて見ましたから」

「ほっとけ」

言われたらまた恥ずかしくなるじゃないか。

「どっちもいける人だったんですね」

「四十余年いけないと思ってたけど、まあ結果としてこうなっちまってるから何とも言えん」

「あれっ」

すみれが急に立ち止まる。

「でも名波さんて結婚してるとか前に聞いたような……」

「いや、それが俺の勘違いで」

弁当にまつわる誤解を説明すると「バカみたい」と呆《あき》れられた。

「裏も取らずに思い込みでデマ流して……名波さんがかわいそう」

「反省してる」

「名波さんかー。名波さんなのかー」

自分でその、名前の響きを転がして確かめるように繰り返すと「なるほど」とちいさく頷《うなず》いた。

「名波さんて、たぶん、分からない人にはただのもの静かで大人しい人なんだけど、ぴんときちゃうと、ふしぎな魅力があるというか……うーん、私は、どんなにいい子でも女の子と恋愛することはないと思うので、分かると言ってしまっていいのかどうかあれなんですけれど——うん、でも、名波さんはまじめで親切ですごくいい人だったから、西口さんの選択は間違ってないと思います」

混乱を、彼女なりに噛《か》み砕《くだ》いて呑《の》み込み、理解しようとしてくれているのが伝わってきた。それが西口の告白に対する、すみれなりの「筋」なのだろう。ありがとうよ、と殊更《ことさら》に冗談めかして返すと「もう変なお店に行かないでくださいね」としっかり釘を刺された。

「大きなお世話だ」

「あと、もうひとつ、私の発見をぶつけてもいいですか？」

「何だよ」

「西口さんを助けたのは、名波さんでしょう？」

大事な言葉は、どんながちゃがちゃした雑踏の中に置かれていてもはっきり聞こえる。

「どうやったのかは知らない、でも、西口さんが政治部から出て行かずにすんだのは、名波さんのおかげなんですね？」

「ざっくりした意味ではそうだ」

「ざっくり？」

「それ以上は勘弁してくれ」

「オフレコでも？」

「だーめ。それと、言っとくけど、助けてもらったから好きになったんじゃないし、彼も、何か下心があってそうしてくれたわけじゃないから」

「……だから、赤くならないでくださいよ」

「好きでなってねーよ！」

バーカ、とすみれは男の子みたいに屈託《くったく》なく笑った。

「名波さんと電話で話した時、『待ってる』って言ってくれたんです」

「お前を？」

「はい。また国会に戻ってくるのを待ってるって。びっくりして……ほんとにそんな日が来るのかなって、ありがとうしか言えずに切っちゃったんですけど、何年かかっても帰ってみせますから。……そう、伝えておいてもらえますか？」

「お前から直接聞いた方が嬉《うれ》しいと思うよ」

「いいんです――いたっ」

「どうした」

「目にごみが……すいませんこれ、やっぱりちょっと持っててください」

うつむいて片目に指の腹を押しつけ、瞬《しばたた》かせる。

「つけまつげ剥《は》がれないか？」

「自前ですよ。あ、思い出しちゃった」

「なに」

「名波さんが、私の目がきれいだって褒《ほ》めてくれたことがあったのを」

「……まじで？」

「まじです。悔しい？」

「いや、想像できなくて」

反面で、照れもせず女を賞賛する碧《へき》、というのも、非常にらしいような気もする。

「全然、いやらしい感じがしなくて。花とか絵について『きれい』って言うのと同じようなテンションで、色々悩んでる頃だったから……私はそれがすごく嬉しかったんです。……あ、やだな、西口さんの見る目を褒めることになっちゃう」

すこし赤くなった目が、再び潤《うる》み始めていた。

「すみれ」

「ごめんなさい。やだもう、どうしよう」

西口は後ろを振り返った。だらだらとついてきていた連中がようやく追いつこうとしている。遠ざけるんじゃなくて「おい」と声を張り上げた。

「すみれが、胴上げしてほしいってよ！」

「まじで？」

よっしゃー、とすぐに無礼講の匂いをかぎつけて集まってくる。ほんと、バカばっかりでよかった。わらわら取り囲まれる気配に感傷も吹っ飛んだらしいすみれが「ちょっと！」と西口をにらんだ。

「そんなこと言ってませんけど！」

「まーまーまーまー、最後だし、な？　あ、これも預かっとくわ」

「泥棒！」

ショルダーバッグを、半ばもぎ取ってすみれを手ぶらにしてしまうと、もう若くないので輪からすこし離れた。

「よーし、いくぞー」

「やだ！　ちょっと、怖い怖い!!」

足を抱え上げられたすみれがじたばたもがく。

「きゃっ……どこ触ってんの！　死ね！　全員死ね！」

「そーれ！」

一五〇センチ少々の身体《からだ》は壮観なぐらい高く、宙に舞った。すみれの悲鳴と悪態が何度も響き渡った。衆目を気にする常識人は存在しない。おっとり刀で到着した部長も「おお佐藤、楽しそうだなー」と制止する気配もなく見上げているぐらいだ。

パンプスが片方脱げて、西口の足下に落ちてきた。やがて腕の輪の真ん中で受け止められ、地面に降ろされても腰が抜けたのかへなへなと座り込んでしまう。

「お疲れっした！」

と拍手に取り囲まれると「うっせー！」とへたり込んだまま笑った。西口はそっとすみれの前にしゃがみこみ、足を取って脱げた靴を履かせてやる。ストッキングのうすい生地越しにわずかなためらいを感じたが構わずに。

ただでさえ低いヒールは、ずいぶん磨り減っていた。新しい支局へはもっとましな靴を履いていけよ、とアドバイスすべきか迷って結局言わなかった。代わりにちいさく、しっかりと「俺も待ってるぞ」と言った。

すみれはぐっと唇を嚙み締めてこくりと頷くと、差し出した手に摑《つか》まらずすっと立ち上がる。きょういちばんの大声で「ありがとうございましたっ」と叫ぶと、あとは子どものようにわあわあ泣いた。誰ひとりからかわず、それを見守っていた。


帰宅したのは明け方だった。碧を起こさないようにそっとドアを開閉し、冷蔵庫から水を取り出す。以前は殺風景極まりない洞穴《ほらあな》だったのが今はちゃんと多様な食糧の貯蔵庫としての役割を果たしていて、大小のタッパーやラップの包みは、冷凍庫や野菜室にも居住している。

碧をうまく「使っている」ようで最初はかなり気が引けたのだが、当人はただ好きでやっているだけですから、と言う。包丁を研《と》いだり、豆を煮たり、おからを炊《た》いたりするのが楽しいのだと。西口だって本心ではうまい手料理がいつでも食べられる方が嬉しいに決まっているので、ありがたく頂くことにした。食い意地はすでに披露してしまったし。

ただ、どんなにこっちが忙しくても洗濯や掃除には手をつけないでほしい、とは頼んである。

——今までもひとりでやってきたし、そういうことのために君とつき合ったわけじゃない。

碧は「分かりました」と頷いてから、こう尋ねた。

——僕がもし、女の人だったらわざわざ念を押したりしなかったんじゃないですか。

——やってくれたらああ助かった、とは言うかもしれない。

でもそれってしょうがないだろう、と乱暴に片づけてしまい、突っ込まれもしなかったので、却ってちいさなしこりになった。

碧といて、何かしら実利を得てしまうのが怖いのだと思う。後は転がり落ちるだけ、と言った記憶があるが、実際転がる地盤すらない。コップ二杯の水を飲んでその明るくない考えを何とか振り払い、ベッドの側に歩み寄る。こんなに広いのに、碧は壁に添うようにちいさく丸まって眠っている。掛け布団からすこし露出した肩や、見下ろす髪の毛の流れにやわらかく胸が苦しい。琥珀《こはく》の中の虫みたいに、この瞬間をどうにかして閉じ込めておけないだろうかというもどかしさだ。たぶん、真夜中に子どもの寝顔を眺める父親というのもこんな心境じゃないだろうか。ベッドの端に腰を下ろして自分の部屋の暗がりにそっと沈んでいると、背中にひたりと手のひらが触れた。

「……お帰りなさい」

肩越しに碧が、半眠でほほ笑んでいる。こんな寝起きの顔が見られて俺はとんでもなくついてる、と思った。なのであまりたくさん与えられると怯《ひる》んでしまう。年のせいでもあるし、一回の結婚歴のせいでもある。碧と元妻は違うのだから失礼だと分かってはいるのだけれど。

「ただいま」

「……それともおはようございますですか？」

「どっちも正解」

ベッドサイドのランプをごく弱くつける。

「きのう、実家行ってたんだっけ？　おじいさん、どうだった」

「元気でした。両親も、もう海外で働くのはやめるそうです」

「急だな」

「大学時代の恩師の方が、もうすぐ引退する予定で後継ぎもいないとかで、医療の器械を色々譲ってくれる話があって、近所で開業するつもりみたいです」

「そうか、そりゃおばあさんも安心するな」

「はい」

手を伸ばして頭を撫《な》でると、嬉しそうに笑った。仕事を離れると碧は結構朗らかだった。手放しの笑顔じゃなくて、おずおずと、ノックしてから扉を開けるような。そういう表情も、西口にとってはたまらなかった。

「西口さんは、送別会どうでした？」

「楽しかったよ。すみれが、君によろしくって言ってた。いつか国会に舞い戻って女帝として君臨しますからって」

「うそですね」

「若干の脚色はした」

「若干じゃないでしょう」

「碧」

「はい」

「すみれの目、褒めてやったんだって？」

どう反応していいのか分かりかねるように、指先がワイシャツの硬い袖口《そでぐち》をいじる。

「いや、問い詰めたいんじゃなくて、俺、そういや前にまつげの話して君に怒られたことがあったろ、それで、何かこう……碧はいいやつだなって、改めて思った」

「大げさですよ」

「愛してるよー」

倒れ込むようにのしかかりながら口にする。俺は何も人間的成長というものが見受けられないな、と思った。プロポーズしたのは飲み会の居酒屋でだった。同僚も上司も後輩も店員もいる前で「お前みたいな色気のない女を嫁にもらおうなんて考える物好きは俺ぐらいなんだから」と。ものすごく自信があったんじゃなくて、むしろその逆だ。彼女が自分の弱気を分かってくれているだろうという甘え、衆人環視の中でこっぴどく断られはしないだろうという打算、いざとなったらすべてを冗談にしてくれそうな雰囲気とアルコール。

「西口さん」

肩を軽くさすりながら碧はすこし困ったように言った。

「うん？」

「僕は頭が固いので、冗談でそういう台詞《せりふ》を言われるのが好きではありません」

「冗談じゃないよ」

「なら尚《なお》のこと、今みたいにどさくさ紛《まぎ》れにされるのはいやです」

碧だなあ、と思う。まっとうすぎるぐらいまっとうで、スルーしてしまわないところ。祖父母に会う機会があれば訊《き》いてみたい。どうやったら今時、こんなお孫さんが育つんですかと。

「ごめん」

西口は素直に、ベッドの上で正座した。

「悪いくせで、本音ほどごまかしたくなるっていうか」

「それは知ってるんですが」

と碧も身を起こす。

「別にそんな、無理してまで口にする言葉でもないでしょう」

「言いたいのは言いたい」

「西口さんて本当に面白いですね」

「……どういう意味」

「すみません、茶化してるわけじゃないんですが……照れみたいな、遠慮みたいなのが抜けないところが」

「アホだろ」

「いいえ」

碧はまじめに否定した。

「とてもかわいいと思います」

「……お前だよ」

押し倒してから「ごめん」と謝った。

「『お前』って言っちゃった」

「どうして謝るんですか」

「だって悪いもん」

「……会社の人たちにはふつうに『お前』って使ってるのに？」

涼しい一重《ひとえ》まぶたの目にうっすらと不満が透けた。

「それと碧とは別」

「ごまかされてるような気がします」

「何でだよ。君だって俺を下の名前で呼べって言われたらこっぱずかしいだろ」

「……諫生《いさみ》さん？」

「そう」

ほの明るい光の円の中で、碧はちょっと顔を赤らめた。

「ほら」

「……西口さんだって」

両手で頬をくるまれると、自分と碧、両方の動悸《どうき》を感じた。同じ速さ。

「恥ずかしいよ、俺」

とつぶやいた。

「こんなに夢中になっちゃって」

「恥ずかしいですか」

「恥ずかしいつーか怖いよね。前も言ったけど」

「また大げさに言ってるでしょう」

「本気だよ」

額《ひたい》同士をこすり合わせるようにして、西口も碧の頬を挟む。温かい。

「俺が君に何かしてもらうのにちゅうちょするのは、気持ち以上の、かたちのある福利みたいなの、受け取っちゃいかんような気がするからだ」

碧がぱちぱちまぶたを開閉するのがくすぐったかった。

「よく分かりません」

「こう……君に関して得をしたくないの、俺は。こうして傍《そば》にいて楽しいってだけでいっぱいだから、掃除とか洗濯してもらって助かるなあって思ったら、気持ちが濁るっていうか。ばちあたりな感じがして」

やることやって気持ちよくなっといて、という話だけど。

「何ですかそれ」

「何だろう。どんどんツケを溜め込んでるような怖さ？」

結婚もして、それなりに遊んできた分際で図々しい、でも本当に、こんな気持ちは初めてなのだった。

「西口さんって……」

「何だよ」

羞恥《しゅうち》で口調が乱暴になる。

「ご自分で思ってるよりずっと純真なんじゃないでしょうか」

「やめてくれよ」

サラリーマンとしてももう成人済みなのに、純真って。

「……僕の話していいですか」

　碧が急に尋ねた。

「どうぞ」

「実家に帰って、久しぶりに食事の支度をしたんですが、家族に味つけが変わったと言われました」

「そりゃ、独立して何年も経《た》つとそういうもんじゃないの？」

「いいえ」

　西口が落とす影の中で碧は淡く笑った。

「僕は、手っ取り早く品目が増えるので炊き込みごはんや混ぜごはんをよく作っていたけど、西口さんはシンプルなぴかぴかの白米が好きで、ポテトサラダには刻んだゆで卵を入れるのが好きで、豆腐はしょうゆより塩で食べるのが好きで、煮魚より焼き魚が好きです」

「ひょっとして、俺のせい？」

「せいじゃないです。指摘されるまで気づかないぐらい、自然に身についていたことが僕はとても嬉しかったんです。うまく言えないけど、舞い上がって、有頂天《うちょうてん》になった気持ちが、一方でこういう、生活の部分に着地してるのが分かると、安心します」

「俺はまだ、高い処に行きすぎて下りられないみたい」

　西口は言った。

「西口さんって、木登りするとてっぺんで途方に暮れる子どもでしたか」

「身体なんて簡単じゃないか、死にゃあしないだろって飛び降りるだけだよ」

「駄目ですよ、そんなの」

火にかけたキャラメルみたいに、ほんのすこし甘く絡《から》まってくる声。碧の姿しか知らなかった頃は、その音程や口調を想像したものだった。板チョコを割るようにぱきぱき小気味よく話すかも、アナウンサーのように完ぺきな標準語かも、あるいは声変わりをやり過ごしたようにちょっと高く、耳につくのかも……。そのどれとも違う、意外に低くて、音の区切りが若干曖昧《あいまい》で、人によっては聞き取りづらいと言うかもしれない碧の声。でも息のかかる距離でささやかれると、そのくぐもり方はとろりとした蜜《みつ》を半透明のゼリーでくるんだ感じだった。声に歯を立てられるのなら、初めはやわらかくて、中から濃密な甘さがしたたってくる。西口はすぐ傍の唇へとゆっくり降りていく。

指とローションでたっぷり手なずけた場所に先端だけ含ませた。浅く、短く、繰り返し突く。じきに、怖《おそ》れや違和感が確かな発情に変わっていく、深く交わりたい衝動をこらえながらそのみだらな移ろいを見つめるのが好きだった。

「あ、あぁ……っ」

もどかしげに腰を浮かせて悶《もだ》える表情を観察されているのに気づくと碧はすぐに顔を隠そうとしてしまう。「駄目だよ」と両手首を捕《と》らえた。

「駄目なのは西口さんです……っあ、ん」

「見せて」

「やだ……っ、ああ……」

整っているけれど少々そっけない目鼻立ちに、陶然が満ちる。いたずらに深く挿《さ》し込むと、仕込まれた反射みたいにやわらかな肉の筒はきつく西口を抱きすくめる。そこからまた間髪入れずに引き出すとその刺激だけで碧の昂《たか》ぶりはふるえた。

「あ――あ、あっ」

強弱の律動でなかを翻弄する。蹂躙《じゅうりん》に慣れて飽きてしまわないように、それでいて、ちゃんと男の味を覚えるように。

「んっ――ん、や、あ！」

ぴったり身体を重ね、すこし前にさんざんいじった乳首に再び唇を寄せた。愛撫《あいぶ》から解放されてもつんと立ち上がったままのところをきつく吸い上げると碧の声はひときわ高くなる。

「いや……っ」

小刻みに突き上げると、密着した腹にこすれるぬるみで碧の性器が泣き出しているのが分かる。

「あっ……ああ――」

「碧」

こういう時なら言えるんだよな。

「愛してる」

組み敷いた全身がびくっと揺れる。

「いっ……今言わなくていいです」

たちまち耳たぶが朱に染まる。

「いや、今言わなくていつ言うんだよ」

色の変わった皮膚を甘噛みしてぐっと腰を押し込んだ。

「ああっ！　ん、あ……っ！」

碧の、生成《きな》りの肌に白い精液が飛ぶ。そのなまめかしさと、激しく収縮する粘膜の誘引で西口もいった。

「俺、言っちゃったんだよね」

「何をですか？」

シャワーを浴びて出てきた碧がきょとんと西口を見る。

「すみれに、君とつき合ってるって」

怒られるかなと思ったが、頭を拭《ふ》いているバスタオルの下からは困惑ばかりが覗《のぞ》く。

「俺の片思いって言った方がよかった？」

「西口さんがいいんなら僕は構いません。ただ……」

「うん？」

「今度すみれさんとお会いする時にすこし気まずいですね」

「今度って？」

「すみれさんが国会に復帰した時です」

碧は淡々と、すでに定まったスケジュールを読み上げるように話す。願望でも期待でもないのがすごいと思った。待っている、とすみれに言ったのは、気休めじゃなくて碧のまっさらな本音なのだろう。すみれが戻ってくる未来。その時も、西口と恋人でいる未来。それをこんなに、何の力みもなく信じている。誰にでもできることじゃないと言ったって、分からないだろう。

「愛してるよー」

と西口はまた、朝刊を広げてついでみたいに告白してしまう。

「それ、もう一度言われたら僕はすこし不愉快になると思います」

「すいません」

タオルを脱衣所に置いて、碧はキッチンに立つ。これから、ふたりぶんの朝食を作ってくれる。西口はやっぱり怖い。「まんじゅう怖い」みたいなばかばかしさだなと思いつつ、怖い。

飛び上がったまま、まだまだ着地できそうにない。

ナイトグラフィカ（とあとがき）

管理職研修とかいう必須行事があって、久々に本社に顔を出した。週刊誌事件以来だ。半日かけて小冊子やらスライドやらでお勉強、お偉いさんによる「私の成功体験トーク」を拝聴した後は、本日の感想と今後のキャリアへの抱負を書いて提出せよとの宿題つき。四十男の作文なんて、誰が本気で読むんだろうか。

眠気と戦い抜いた我と我が身を慰労するため入った飲み屋のカウンターで、佐伯が前触れもなく爆弾を投げてきた。

「お前、女できただろ」

「はっ？」

思わずその向こうにいる静を窺うと「そうなのか」とのんきな顔だった。含むところはなさそうだ。数秒の間に考えを巡らせる。碧のことを知っているのはすみれだけだ。そこから情報が洩れるとは考えられない。さりとてまったく根拠のない冗談とも思えないし――いいや、本人に訊こう。仕事以外で腹を探り合うのは面倒くさい。

「誰に取材した？」

「『情報のほとんどは公開されたものから得られる』」

「え？」

「——というようなことを、昔、後藤田正晴が言ってたらしい」

「ああ、言いそう……てことは？」

「何でてめえごときボンクラの近況をわざわざ探る必要があるんだよ。見りゃ分かるって話だ。耳の穴から脳みそ洩れてんのかと思うほど締まりのない顔しやがって」

「うそっ」

一言一句が無礼千万なのは今さら気にしない、けれど内容が聞き捨てならないのでまた静に救いを求めた。

「いや、俺の目には全然いつもと変わりないよ」

苦笑交じりにかぶりを振る。

「だよな、佐伯の頭がおかしいだけだよな知ってたけど」

「良時に確認したって無駄だよ」

佐伯は顎でぞんざいに静をしゃくって笑う。

「他人に興味なんてねえんだから。俺よりずっと」

「鈍感なだけだよ」

「無関心と同義のな」

「そんなつもりはないんだが」

「静はさ、いっぺんと言わず百回ぐらい佐伯に切れてもばち当たんないと思うよ」

「いいんだ」

慣れてるから、と本当に「別にいい」口調で答えるのが若干怖い。

「そういうの、ストックホルム症候群って言うんじゃねーの……」

「こいつの話はいいんだよ」

強引に切り上げて「同期のよしみで忠告しといてやる」と佐伯が言う。

「何だよ」

「どんな女か知らねえが、セックスだけ上手くて頭の空っぽなお嬢ちゃんにしといた方が後悔せずにすむぜ。間抜け面の下にプライドがそびえてる、お前みたいな小心者は」

「どこが忠告だ」

「背伸びして賢しい女と所帯持ったばっかりに自爆したくせに」

「は、腹立つ……」

一理も二理もあるから、余計に。

「西口こそ切れてみるか」

止めないぞ、と珍しくも人の悪い顔で静がけしかけた。

「いや、切れたら負けな気がする」

「分かるよ」

そう思ってるうちに、切れ方すら忘れて何もかも流せるようになるから。頷く同期の表情はある種の悟りさえ感じさせた。だから怖いって。


床上手、頭空っぽ、お嬢ちゃん、床上手、頭空っぽ、お嬢ちゃん……。佐伯に言われた要素を頭の中で復唱してみる。つき合い始めてからじゃ遅いだろ。忠告の名を借りたいやがらせも甚だしい。

全部あてはまらないけど別に後悔はしてないし——いや、一番目はどうなんだろう。違う、と言い切っては失礼なのか。でも碧に結構なお手前なんか披露されたらショックだ。

「すみません——ちょっと」

こうして、ことの始まりに西口を押しやって、自分で服を脱いでしまう他人行儀なところも好きだ。もっと端的に言うと初々しくてそそる。

「碧」

しかし半面でちょっと寂しいというかもったいないというか、ラッピングを剝がすのもこっちのお楽しみじゃないのか？

序盤からあんまり恥ずかしがらせたらかわいそうだからいつもは別々に準備をするのだけれど、きょうは試しに、碧を再び腕の中に囲い込んでみた。

「西口さん」

「そのまま」

半端にゆるめられたネクタイを引き抜いて、ボタンを外して——やっぱり楽しい。だって絶対においしいって分かってる中身だから。

「待ってください」

胸をはだけた手をやんわり押さえられる。

「自分で……」

「いいって」

「いえ」

「脱がしたいんだよ」

「駄目です。すぐすみますから」

いや、すぐすまされちゃ困るんだって。身をよじった碧の肩をつかむ。

「そんなに恥ずかしいの？　いや、悪いっていうんじゃないけど」

「恥ずかしいっていうか、恥ずかしいんですけど、それ以上に駄目です」

「ん？」

匍匐前進までして逃れようとするからには、さすがに何らかの事情がありそうだった。

「どういうこと？」

「西口さんが」

「俺が？」

「半端に脱いでるのは嫌いだって、前に」

「そんなことないよ、すげえいいよ。真っ白いシャツが腕に絡んでくしゃくしゃになってるのとか」

「具体的に言わないでいいです」

「え、だってそうだよ」

「……西口さんの考えがよく分からなくなってきました」

うつ伏せたまま、碧は真剣につぶやく。

「ていうか、嫌いだなんていつ言った？」

「いつかは忘れましたが……その、そういうビデオとかで、服をへんに着たままなのが好きじゃない、全然理解できないと仰っていたので」

「え」

「ストッキングを破る趣向とかもちっともいいと思わない、いつまでも服が残っていたら早く脱いでしまえといらいらすると――」

「うわー！」

話した記憶があるようなないような。議事堂の食堂で。きっとその時、碧は隣のテーブルに黙って座っていたのだろう。弁当を食べながら。ああ、過去の自分を殴りに行きたい。

「いや、でも、あのー……」

いわゆる玄人さんの立ち居振る舞いに求めるものと、君とじゃまったく違うだろう――って言ったら余計悪いような。

「……すいません、ほんとすいません」

「そういうつもりではなくて」

悄然とうなだれていると碧は困惑げに身体を起こした。

「僕は、あの、こういうジャンルに疎いので、お任せするばかりでなく、自分なりに努力をしなければと――」

「うん」

「余計な浅知恵でしたか」

「ううん」

たぶん、佐伯の指摘は正しい。自分なんかに碧はもったいない、という意味合いにおいて。

でもちくしょう、死んでも後悔なんかしないぞ。

＊＊＊＊＊　　＊＊＊＊＊　　＊＊＊＊＊

小説を手で書くので、速記を覚えれば多少なりとも効率が上がるのでは、と思ったことがあるのですが、たぶん手よりも頭のスピードに課題が大きいっす。

連続でお世話になりました（ということは連続で迷惑をかけた……）、イラストの青石ももこ先生、今回もありがとうございました！　スーツいっぱいで嬉しい！　青石先生の描かれる「ちょっと体温の低そうな男の人」が毎回ストライクゾーン直撃で、声もなくのたうちまわっています。表紙にちょこんと書いて頂いたのは速記文字です。衆議院式で「好きです」になります。

ありがとうございました！

一穂ミチ

✦初出　ステノグラフィカ………………書き下ろし
アフターグラフィカ……………書き下ろし

一穂ミチ先生、青石ももこ先生へのお便り、本作品に関するご意見、ご感想などは
〒151-0051 東京都渋谷区千駄ヶ谷4-9-7
幻冬舎コミックス　ルチル文庫「ステノグラフィカ」係まで。

幻冬舎ルチル文庫

ステノグラフィカ

2012年7月20日　第1刷発行
2020年12月20日　第3刷発行

✦著者　一穂ミチ　いちほ みち

✦発行人　石原正康

✦発行元　株式会社 幻冬舎コミックス
〒151-0051 東京都渋谷区千駄ヶ谷4-9-7
電話 03(5411)6431［編集］

✦発売元　株式会社 幻冬舎
〒151-0051 東京都渋谷区千駄ヶ谷4-9-7
電話 03(5411)6222［営業］
振替 00120-8-767643

✦印刷・製本所　中央精版印刷株式会社

✦検印廃止

ISBN978-4-344-82571-0　C0193　Printed in Japan